中国·义乌故事丛书 | 牛建农主编

义 乌 智 慧

牛建农　吴浩军　陈　红　著

东南大学出版社
SOUTHEAST UNIVERSITY PRESS
南京·2018

内容提要

本书系统地回顾了义乌历史文化发展的历程,介绍了义乌人民在不同历史时期为中华优秀传统文化发展所做出的重大贡献,深入挖掘、颂扬了义乌优秀传统文化中所蕴含的爱国主义精神、人文精神、团结奋斗精神、农商并举的创新精神、舍己为公的奉献精神和节俭务实精神,并指出上述精神的一脉相承、发扬光大,为义乌人民在改革开放年代创造发展奇迹提供了强大动力。

本书适合宣传工作者、经济工作者、社会科学工作者和各级干部阅读与参考。

图书在版编目(CIP)数据

义乌智慧 / 牛建农等著. — 南京:东南大学出版社,2018.9

(中国·义乌故事丛书/牛建农主编)

ISBN 978-7-5641-7969-4

Ⅰ.①义… Ⅱ.①牛… Ⅲ.①故事-作品集-中国-当代 Ⅳ.①I247.81

中国版本图书馆 CIP 数据核字(2018)第 203628 号

书　　名:义乌智慧	
著　　者:牛建农　吴浩军　陈　红	
责任编辑:徐步政	邮箱:1821877582@qq.com
出版发行:东南大学出版社	社址:南京市四牌楼 2 号(210096)
网　　址:http://www.seupress.com	
出 版 人:江建中	
印　　刷:江苏凤凰数码印务有限公司	排版:南京布克文化发展有限公司
开　　本:787mm×1092mm　1/16	印张:8.5　字数:190 千
版 印 次:2018 年 9 月第 1 版	2018 年 9 月第 1 次印刷
书　　号:ISBN 978-7-5641-7969-4	定价:39.00 元
经　　销:全国各地新华书店	发行热线:025—83790519　83791830

丛书编审委员会

主　任　吴浩军

副主任　阮梅洪　杨文挹

委　员　吴浩军　阮梅洪　杨文挹　吴广艳
　　　　张立文　曾志强　牛建农

总序

编写这一套"中国·义乌故事丛书",我们的主旨在于总结、介绍义乌经验,讲述义乌故事。

总结经济社会发展经验,可以从各式各样的文化背景、发展理论出发。最常见的情况是从传统发展方式(或称工业文明发展方式)出发,用传统发展方式的理论和标准体系来套义乌实际,这样做省心又省事。然而,问题在于:义乌的发展奇迹并不是按照传统发展方式创造出来的。义乌的发展奇迹是义乌人民在中国共产党领导下,在改革开放年代,坚持以人为本的科学发展方式创造出来的典型,而不是传统发展方式指导下的以物为本的案例。总结义乌经验,必须从义乌实际出发,不能张冠李戴。

历史上有很多精彩的战例,比如围魏救赵、淝水之战、赤壁之战,通过这些战例,人们可以对孙子兵法等军事理论有更深入的了解。发展方式也需要"战例"。为了贯彻、落实"科学发展观""习近平新时代中国特色社会主义思想",我们必须总结各地的好经验,比如义乌奇迹、华西村经验、永联村经验、洛川发展苹果产业的经验、东阳花园村经验等,汇成科学发展观、新时代中国特色社会主义思想的"战例库"。经济学家、理论工作者应该从中总结、提炼出一整套以人为本的评价体系,以此来衡量我们以人为本的科学发展。否则,一面说践行科学发展观,一面又只有别人的案例、只有以物为本的评价体系,只能用以物为本的评价体系来套我们以人为本的科学发展,这种扭曲与脱节的现象于我们伟大的事业十分不利。

我们在推进科学发展,这是前人和洋人都没有做过的事情。所以,总结经验也好,形成评价体系也好,都只能靠我们自己,靠我们自己从人民的实践中总结、创建。

这一套"中国·义乌故事丛书",主要是讲事实,讲义乌人民创造发展奇迹的实实在在的事。我们选取了几个不同的角度,即"三农"(农民、农业、农村)发展的角度、历史文化的角度、美丽乡村建设的角度、城市发展的角度和工业发展的角度等等,希望能立体地、全面地展现义乌人民的精神、智慧和他们的业绩、经验。

事情要靠人来做,人民需要自己的带头人。2018年1月11日,《浙江日报》刊载长篇通讯《功成不必在我 福祉留于百姓——记敢于担当、积极作为的义乌老干部谢高华》,并配发评论员文章《新时代呼唤更多"谢高华"》,在社会各界引起强烈反响;1月15日,《新华每日电讯》以整版篇幅刊发长篇通讯《离开义乌30多年,这位退休厅官为何有这么好口碑》,发布不到10个小时,新华社公众号平台点击阅读量就超过了100万次。金华和义乌的报刊,随之连篇发表报道谢高华先进事迹的文章。由此,总结义乌经验、讲好义乌故事的工作进入了一个新阶段,这一新阶段的突出特点将是以人为本。

牛建农

前言

义乌之所以引起全球广泛而又持久的关注，并不在于它一年能创造多少国内生产总值（GDP），也不在于它那全球最大的小商品市场。面对义乌创造的发展奇迹，人们最想弄明白的是：像义乌这样一个既不沿边又不靠海，既没有丰富的矿藏资源，又不是交通枢纽，既没有外部资金投入，又没有外来企业或国家大项目从天而降的贫困农业县，是如何一飞冲天的？

理论界、学术界早已形成这样的共识：历史文化是"软实力"，是重要的资源、资产、资本。历史文化在经济社会发展中发挥着重要的作用。

类似"文化是城市的灵魂""文化是产品的灵魂"这样的说法，也已经被广泛地宣传和接受。

为了发挥"软实力"和"灵魂"的作用，将资源变成财富，常规的做法是由有学问的人查阅历史文化典籍，从中寻找可以为当下所利用的资源。这已经成为一种思维定式、行为定式。在发展旅游业的策划或规划中，已经成为必用之法。

从历史文化的角度总结、阐述义乌经验，证明历史文化积累是推动义乌创造奇迹的重要力量，显然是一项十分有意义的工作。为此，学者们写了许多文章，形成了许多研究成果。然而，义乌的事实令人困惑：1982年，当义乌人开办第一个小商品市场、出台"四个允许"政策、制定"兴商建县"发展战略的时候，他们似乎并没有花多大力气去查阅县志、文化典籍或乡贤遗著。

于是，一个难题横在面前：义乌的历史文化积累是如何、是通过什么样的方式和途径推动了义乌奇迹的创造过程？

在书本上记载的历史文化与义乌人创造发展奇迹的鲜活事实之间，应该有一座桥梁，这座桥梁是什么？在哪里？

为了找到答案，我们对义乌的历史做了再一次的系统回顾，从史前文明直到改革开放。与前不同的是，我们把关注的重点放在了名不见经传的老百姓身上。我们特别关注普通老百姓在义乌历史进程中、文化创造中所扮演的角色、所做的贡献：在义乌兵和敲糖帮这两个义乌农民群体身上，我们用了很多笔墨；我们还用了很大的力量，写下了本书第四章《流淌在大地上的文脉》，记述义乌农民在解决最基本的生存问题与文化艺术创造方面取得的辉煌成就。

通过这样的方式，我们发现了那一座连接义乌历史文化与义乌发展奇迹的桥梁。

目录

第一章　灿烂的史前文明

中华民族是一体多元的民族大家庭。这个大家庭，今天是由分布在我们广阔国土各地的 56 个民族组成的。从源头上说，黄河流域与长江流域是中华民族的两大摇篮。在新石器时代，黄河流域形成了三个重要的文化区，分别为地处黄河流域中下游的中原文化区、山东文化区和黄河流域上游的甘青文化区；在长江流域，分布着两个重要的文化区，一为长江中游区，一为江浙文化区。上述五大文化区均属于较早以农耕为主要生活来源的华夏文明；分布于珠江流域，同样是以农耕为主要生活来源的少数民族文明和北方若干以游牧为主要生活来源的少数民族文明（主要分布于燕辽文化区）同样也是中华民族的源头。

分布在辽阔区域的各个民族所处的生态环境各不相同，各有自己的祖先，其获取生产、生活资料的方式与社会形态、家居形式、生活习惯、风俗信仰乃至思维方式等等，都各有特点，他们世代传承，形成了各自的文化传统，通过交流、整合、融合，大家最终走到了一起，形成了一体多元的中华民族，共同创造了各民族认同的、一体多元的中华文化。

义乌是我国稻作文明和干阑文化的重要源头。义乌先民，早在 11 000 年之前，就开始种植水稻、建造木构干阑屋居住，实现了由旧石器时代向新石器时代的转变和由采集文明向农业文明的转型，为中华文明的发展做出了自己突出的贡献。

第一节　浙江在我国史前文明发展中的重大贡献

江浙文化区域内的浙江，地处东海之滨，45 万年前，这里就已经有了人类活动的踪迹。旧石器时代中晚期，生活在距今约 10 万年以前的"建德人"，在今天浙江西部山地，开创了远古浙江文化的先河。此后，浙江先民活动的中心先后转移到浙江中部的金衢盆地丘陵地区和更靠近大海的杭嘉湖平原、宁绍平原。距今 7 000—5 800 年，杭嘉湖平原和宁绍平原活跃着马家浜文化；距今 7 000—6 000 年，宁绍平原地区活跃着河姆渡文化；距今约 5 900—5 200 年，杭嘉湖平原和宁绍平原的文化发展进入崧泽文化阶段；距今 5 300—4 000 年，良渚文化将浙江史前文明推向了一个新的高峰。

说及长江下游地区的史前文明，人们最为熟悉的当属河姆渡文化。

河姆渡文化遗址位于浙江省余姚市河姆渡镇金吾庙村的河姆渡渡口北侧，1973

年被发现。此后,在钱塘江以南的沿海地区和舟山群岛,先后发现河姆渡文化类型遗址 47 处。

余姚河姆渡文化遗址有四个文化层,其中,第四文化层距今约 7 000—6 500 年,第三文化层距今约 6 500—6 000 年,第二文化层距今约 6 000—5 500 年,第一文化层距今约 5 500—5 000 年。第四文化层出土文物最为丰富。仅第一期发掘就发现陶片 10 万余件,复原成形的陶器达数百件;遗址中发现了稻谷、稻壳、稻秆堆积,堆积厚度一般在 40—50 厘米,最厚处达 80 厘米。与此密切相关的发现是骨制的耜、刀和镰等农业生产工具,足见当时稻谷的栽培水平、规模和它在人们生活中的重要地位。河姆渡文化遗址由此而被确认为世界稻作文明的源头。

在第四文化层中还发现了 6 幢木构干阑式建筑,其中一幢长 23 米多,宽 6.4 米,檐下还设有 1.3 米宽的走廊。

浙江地区的先民为崇拜太阳、以鸟为图腾的於越族。於越族是百越族群的一个分支。百越族是我国古代南方各民族的统称,其分布地域十分广阔。从今天的越南北部到浙江、江苏的广大地区,包括云南、贵州、四川、广东、广西、福建、浙江、海南和台湾等地,以及湖南、湖北、江西、江苏、安徽等省的部分地区,均为百越族群的聚居地。所以,《汉书·地理志》云:"自交趾至会稽七八千里,百越杂处,各有种姓。"为了适应南方炎热多雨的环境,发挥木材、竹材资源丰富的优势,百越各族不约而同地采用了干阑式民居的居住形式,形成了具有共同特点的干阑文化。

干阑式民居以其"立柱架屋"和楼居的特点,与北方的地居式民居共同构成了我国传统民居形式的两大体系。河姆渡文化的考古发现证明,当时浙江地区的干阑文化已经发展到了很高的水平,榫、卯形式多种多样,柱与柱、板与板、柱与板之间均可以以榫卯形成紧密的联结,结构为牢固的整体(图 1-1)。考虑到当时的生产力发展水平,面对这样的考古发现,建筑专家们在震撼之余,发出由衷的赞叹。

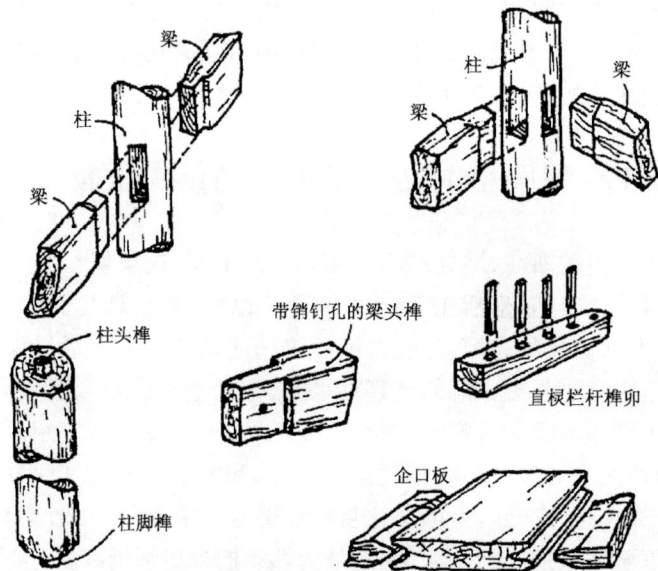

图 1-1 河姆渡文化遗址中出土的木构干阑榫卯

从技术发展的角度看,当时浙江的干阑文化在百越族群各地、各族的干阑文化中处于领先地位。

距今5 300年前,长江下游地区文明的发展进入了良渚文化时期。截至目前,在余杭良渚,在湖州、杭州、嘉兴、海宁、绍兴、宁波等地,一共发现了50余处良渚文化遗址,其中最有代表性的是以余杭莫角山遗址为核心的良渚文化遗址群。

余杭莫角山良渚文化遗址群总面积达数十平方千米,由若干个不同的功能区块组成:有普通村落区,有大型宫殿式建筑区,有多处玉器作坊。在聚落中,一般人、中小贵族和最高层贵族的墓地分布于不同的区域。显然,整个聚落群是按照功能分区的规划原则建造起来的,与过去按照血缘关系组织原则规划聚落的做法截然不同,它更接近现代城乡建设的规划方式。

该文化遗址的出土文物具有以下三个方面的特点:

1. 出土了大量以玉琮、玉钺、玉璧为代表的玉器

良渚社会中的玉器,尤其是玉琮、玉璧和玉钺之类的重器,不仅象征着财富,同时还象征着权力,是军权或神权的象征物。最上层贵族颁布法令、调动军队,都会出示或派发特定的玉器,作为凭证。这样的玉文化是良渚文化所特有的,是中华传统玉文化重要的源头(图1-2)。

2. 出土了石犁

2003—2004年,考古工作者在一处灰坑内发现了一把带木质犁底的组合式石犁,石犁通长106厘米,其头部由3个部件组成,犁头有3个穿孔;木犁底部长84厘米,其尾端有装置犁辕的榫口。石犁的发现,说明在良渚

图1-2 雕刻神人兽面纹的良渚玉器

文化时期,农业已经由耜耕时代进入犁耕时代,这是农业发展的一大进步,是农业技术水平的一次历史性飞跃,对于提高农业生产的效率具有重要的意义。作为当时最重要的产业,农业生产效率的提高、粮食供应的充足,使制陶、制玉、纺织等手工业可以从农业中分离出来,从而促进了手工业的发展。分工不仅使手工业制造发展到一个新的高度,同时也改变了产业结构,推动了技术进步和社会进步。

3. 等级分明的大型墓葬群

在一些大型墓群中,墓穴多为长方形土坑,葬具多为涂朱棺木,少数设有椁室。随葬品有陶器、石器、玉器、象牙器、嵌玉漆器、丝绸等等:随葬陶器有鼎、豆、罐、缸和甗等多种类型;石器均为穿孔石斧;玉器在随葬品中占有很大的比重,有琮、钺、璧等重器,也有额饰、冠饰以及璜、镯、带钩、珠、管、坠等饰物。这些随葬品数量很大,制作均十分精美,反映出当时手工业的生产规模已经很大,技术已经达到了很高的水平。

良渚文化遗址的考古发现反映出:良渚社会的阶层划分已经更为明确,更为深入和普遍,不再局限于中心聚落。社会最上层贵族的身份地位血缘世袭,他们掌握着社

会最高的宗教神权和军权,拥有巨大的财富,包括玉器、象牙器、漆器、精制陶器以及丝绸;他们驱使大量人力修建宫殿、城防和自己的墓地等大型工程,并且制定了一套用以规定不同社会成员享用不同等级、不同数量的葬具和随葬品的制度。

河姆渡文化遗址的发现,在 20 世纪 70 年代被公认为是中华人民共和国成立以来最重要的考古发现。它证明:在 7 000 年前的长江流域下游地区,在今天的浙江省,已经有着繁荣的原始文化。这一发现改变了过去人们关于中华民族摇篮的认知,形成了新的结论:长江流域与黄河流域同为中华民族远古文化的发祥地,同为中华民族的摇篮。

2007 年,考古工作者在余杭良渚文化遗址群发掘出一座南北长 1 500—1 700 米,东西长 1 800—1 900 米,总面积约 3 平方千米的古城。古城的城墙厚度达到 40—60 米,其底部以石块垒成,墙体为夯土墙。对城墙中出土的陶片和瓷片进行分析,得出的结论是,这座古城的年代大约在 4 000 年前。

城墙的修筑和城市的出现是氏族社会向文明社会转型的重要标志,上述古城的发现,说明至迟在良渚文化后期,已经有了初级形态的国家,良渚文化晚期已经进入了成熟的史前文明。有研究者认为:"在良渚文化中晚期,应已形成共同的地域、共同的语言、共同的文化、共同的信仰和习俗、共同的经济基础……良渚文化晚期已进入部落王国的时代,是'原始的国家'或'形成中的国家'。"[1]

良渚文化将江浙文化区的史前文明推向了一个新的高峰,为中华民族的发展做出了重要的贡献。

第二节　金衢盆地是浙江史前文明的源头

人们将河姆渡文化和良渚文化分别列为浙江新石器时代中期和新石器时代晚期文明的代表,它们都分布在浙江近海的平原地区。那么,浙江新石器时代文明的源头又在哪里呢?

在金衢盆地。

金衢盆地位于浙江省中部偏西,是浙江省最大的陆相构造盆地、最大的中生代沉积盆地,盆地呈狭长带状,自东南至西北向延展,北接千里岗山脉、金华山脉,南依仙霞岭,东至会稽山,西临江山港、常山港,总面积约为 7 000 平方千米,物产丰富,素有"浙江聚宝盆"之称。

2000 年,浙江省文物考古研究所在地处金衢盆地东部的浦江县发现了上山文化遗址。此后,在金衢盆地区域内又先后发现了十余处上山文化遗址,它们集中分布于金衢盆地区域内钱塘江的主要干流衢州江、武义江、东阳江(又称义乌江)两岸。这十余处遗址的选址具有明显的共同特征:它们多分布于平原边缘坡度和缓的山前台地,海拔高度在 40—100 米之间,遗址点到最近河流支流的距离在 30—1 600 米之间(大多在 1 000 米以内),遗址点到最近干流的距离在 900—15 000 米之间(多为 2 000—6 000 米)。显然,上山人对于聚落的选址已经积累了丰富的经验,"靠近支流,远离干流"是他们为自己的聚落选址时共同遵守的原则。

浦江上山文化遗址位于浦江县黄宅镇渠南村与三友村之间。遗址附近地势平坦,为钱塘江一级支流——浦阳江上游河谷盆地,海拔约为50米,遗址面积约为20 000平方米。2001年、2004年、2005—2006年,先后进行了三期发掘,发掘面积为1 800平方米。遗址的新石器时代文化内涵分为下层、中层、上层三个阶段的遗存堆积。主体遗存是遗址下层。对遗址出土夹炭陶片和木炭标本的碳14年代测定表明,其存在年代距今约11 000—8 600年,是浙江省迄今为止发现的年代最早的新石器时代遗址(图1-3至图1-5)。

图1-3　浦江上山文化遗址公园

图1-4　浦江上山文化遗址公园
A馆内保存的发掘现场

图1-5　浦江上山文化遗址公园
B馆内保存的发掘现场

上山文化遗址表现出明显的由旧石器时代向新石器时代过渡的特征。

在上山文化遗址中,发掘出数量众多的陶片和石器。

石器分石片石器、石核石器、砍砸器、尖状器等。同时,还发现相当数量的磨盘、磨棒、石球、穿孔石器等。磨盘的磨面呈凹弧状,底面未加工,保持石料原状(图1-6至图1-8)。

图1-6　砥石(磨制石器用)

图1-7　石磨

图 1-8　穿孔石器、石球

陶器的种类、形态相当丰富,有平底、圈足、圜底器等多种形式,有大口盆、双耳罐、平底盘、镂空圈底盘、陶钵、陶杯等等。陶大口盆是浦江上山文化遗址出土陶器中具有代表性的陶器,有无耳、单耳、双耳、三耳等多种类型(图 1-9 至图 1-15)。

图 1-9　浦江上山文化遗址出土的代表性陶器——陶大口盆

图 1-10　单耳陶大口盆

图 1-11　陶杯

图 1-12　陶钵

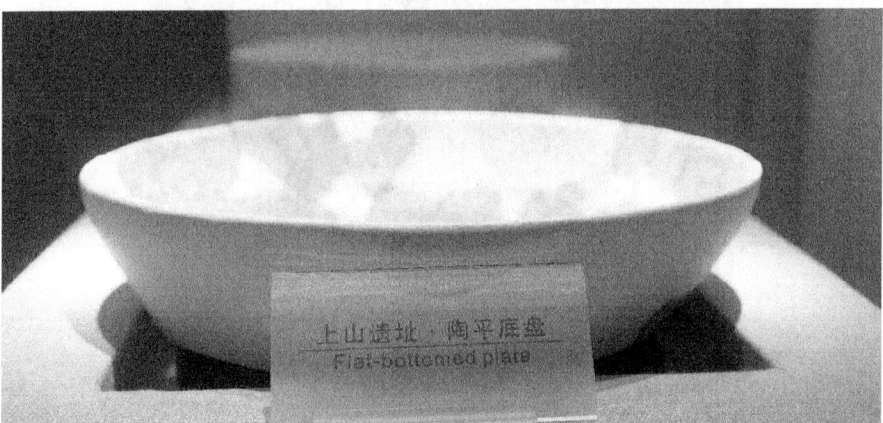

上山遗址·陶平底盘
Flat-bottomed plate

图 1-13　陶平底盘

图 1-14　陶圈足盆　　　　　　　　　　　　图 1-15　陶双耳罐

　　浦江上山文化遗址出土陶器的陶质大多为外红内黑的夹炭陶。在夹炭陶片表面，存在稻壳印痕；同时，胎土中羼和有大量的稻壳和稻叶。之所以要在陶土中加入稻壳和稻叶，是为了防止陶器在烧制过程中开裂。由此，形成了夹炭陶。

　　研究发现，浦江上山文化遗址出土陶器中的稻壳是脱粒取米后的碎壳。分析表明，这些稻遗存所反映的生物特征有明显的驯化迹象：在稻壳中，发现了具有野生稻特点的小穗轴和具有栽培稻小穗轴特征的颖壳，它们来自处于驯化初级阶段的原始栽培粳稻（到了上山文化晚期，小穗轴所体现的栽培特征更为确定）。

　　与此相对应的是，在发掘过程中，从土样中浮选出残损的稻米一粒。实验室分析表明：这粒稻米来自早期栽培稻。考古工作者称其为"万年稻米"（图 1-16）。

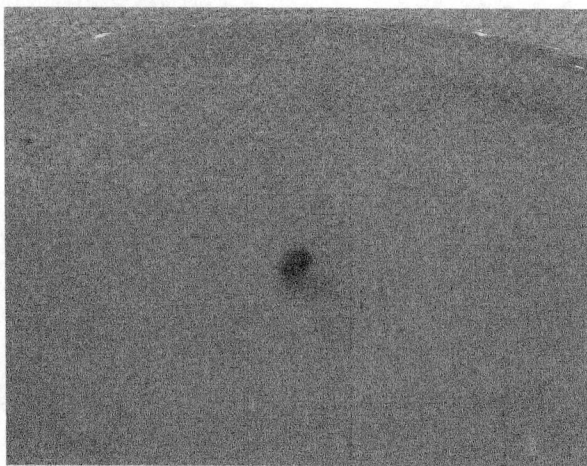

图 1-16　"万年稻米"

　　透过高倍显微镜观察：在上山遗址出土的镰形石器、石片石器等器物上，存留有水稻植硅体以及禾本科植物的痕迹。有理由认为：这些石器是水稻收割工具。当时收割的方式，可能是掐穗收割。这种掐穗收割的方式一代代传承下来，至今，在广西侗族聚居的三江县等地区,农民依然使用这种方式收割水稻。

水稻植硅体也出现在遗址中出土的大量石磨盘和石磨棒上。显然,石磨盘和石磨棒是稻谷脱粒的工具。实验表明:使用石磨盘和石磨棒脱粒,效率相当高。

在石磨盘和石磨棒上也发现了橡子淀粉的存留物。这就是说,石磨盘和石磨棒是多功能的工具,它们不但被用来加工稻谷,同时也被用来辗磨坚果类、块根类食物原料,以获得淀粉。

人们推测:遗址中出土的陶大口盆,其主要用途可能是作为煮食物的容器。煮食物的方法或许是将食物和水置入大口盆中,然后将烧热的石块放入盆中。这种煮制食物的方法,在今天的许多风味餐厅中,依然颇受顾客欢迎。

陶大口盆可能还有另外一个用途,那就是在用石磨加工稻谷或其他食物材料时作为容器——将石磨置于大口盆中,使加工的食物材料不至散失。

种植栽培稻、加工稻谷、食用稻米——浦江上山文化已经符合稻作文化的基本特征,上山人已经进入了原始农耕时代,从采集文明向农业文明转型。

20 世纪 70 年代,人们称河姆渡文化为世界稻作文明的曙光。浦江上山文化将人类栽培水稻和中国进入农业文明时代的时间向前推进了 4 000 多年,标定在了 11 000 多年以前。

现在,全球 60%—70% 的人口以稻米为主食。中国是世界上最早种植水稻的国家。这是我们中国人对世界文明发展做出的重大贡献。

浦江上山文化遗址发掘的另一重大收获是发现了排列整齐的柱洞:这些柱洞多呈圆形,其中,"有 3 排'万年柱洞'……每排 11 个柱洞,直径为 40—50 厘米,深度为 70—90 厘米,形成了长 14 米、宽 6 米的矩阵。专家发现,遗迹第 3 层下的 1 号房址具有明确的结构单元,呈西北—东南朝向,这类建筑的布局与河姆渡遗址干阑式建筑相类似"[②]。

干阑式建筑是一种"立柱架屋"的楼居式建筑形式,其下部为架空层,人居住在架空层上面的"楼"上。在已发现的我国其他地区上万年的新石器早期时代的遗址中,先民们的居住形式都还处于利用天然洞穴作为住所的发展阶段,上山人却已经在建造和使用干阑式建筑,进入了人工建房的发展阶段。从穴居到建房居住,这是人类文明发展和科学技术发展的重要转折点和里程碑,上山人开启了人工建房的先河。专家们认为,与同期的人类活动相比,上山人的智慧与技术创造处于领先地位(图 1-17)。

图 1-17　浦江上山文化遗址干阑屋示意图

上山文化遗址中"万年稻米""万年柱洞"和石磨、石棒的共存，向我们展示了一幅10 000多年以前活动于金衢盆地的浙江先民的生活场景。

浦江上山人活动的时间约在最后冰期结束后的气温上升期和全新世早期的气候波动期。考古学发现表明：遗址周围植被茂盛，渔猎、采集资源十分丰富，有野生的牛、猪、鹿，有多种坚果和植物块根可供采集，浦阳江有各种鱼类等水生动植物。人们打猎、捕捞、采集，同时，转机也已经到来：狗、猪的饲养可能已经开始，更为重要的是人们已经学会了种植水稻、加工稻米。为了加工稻米，他们制作出专门的工具——石磨和石棒。他们用陶大口盆煮制食物，用陶罐装水，他们还根据生活中的不同需要，制作各种类型、大小不等的陶器。

他们居住在自己建造的木构干阑式房屋中。

与此前采集文明时代单纯依靠渔猎、采集获取生活资料相比，浦江上山人食物的来源更为多样，也更为稳定、充足；与穴居方式相比，他们突破了自然条件的种种限制，可以自由地选择居住的地点，比如，他们可以在稻田附近建造干阑屋居住，不但舒适得多，而且缩短了耕作半径，更利于就近照看农作物，这对于提高农业生产的效率无疑具有重要的意义；他们还可以相当自由地扩展聚居地的规模，这对于族群的发展是十分有利的。

专家们在以下三个方面达成了共识：

（1）浦江上山文化遗址的年代距今约11 000—9 000年，是中国迄今发现的年代最早的新石器时代遗址之一。

（2）浦江上山文化遗址是保存丰富栽培稻遗存的、迄今发现的年代最早的新石器时代遗址。河姆渡文化遗址出土了7 000年前人工栽期的水稻，由此成为世界稻作农业起源研究的热点，上山文化遗址将这一记录提前了4 000多年。上山文化遗址的发现表明：浙江金衢盆地乃至长江下游地区是世界稻作农业最早的起源地之一，其起源的时间约在10 000年以前。

（3）上山先民创造的干阑式居住方式，与其后的马家浜文化、河姆渡文化中的干阑式居住方式，具有明显的、内在的源流关系。

由此，"上山文化"被认定为长江下游地区新石器时代文化的源头，是浙江新石器时代早期的代表性文化遗址。

2013年，义乌市桥头村发现一处与浦江上山文化遗址同类型的上山文化遗址。桥头村距离义乌、浦江边界的直线距离不足7千米。

桥头上山文化遗址位于义乌江（东阳江）北岸，其年代大约是在9 000年之前，属于上山文化晚期遗址。遗址中出土的陶器保存状况较好，陶器类型包括大口盆、平底盘、双耳罐、圈足盘等，与浦江上山文化遗址出土的陶器颇为类似，然而却要精致得多。陶衣鲜亮，以红衣为主，也有乳白衣；陶器装饰的技艺已经十分高超，在已经发现的诸多上山文化遗址中，只有湖西遗址出土的陶器可以与之相比；出现了一定数量的彩陶，分乳白彩和红彩两种，彩陶装饰以条带纹为主，令人十分惊讶的是，陶器装饰彩纹中出现了太阳纹的图案（图1-18至图1-20）。

图1-18　义乌桥头上山文化遗址出土的彩陶碗

图1-19　义乌桥头上山文化遗址出土的红陶罐

　　上山文化中晚期，出现了环壕聚落。义乌桥头上山文化遗址，东、南、北三面为人工环壕，西面为自然河流，由此形成完整的环壕聚落。人工环壕的深度为3米，截面呈口宽底窄形，口宽近10米。环壕内聚落的面积约为3 000平方米，是东亚地区迄今发现的同时期规模最大的环壕聚落（图1-21）。

图1-20　义乌桥头上山文化遗址出土的红釉陶罐

图1-21　义乌桥头上山文化遗址发掘现场

　　环壕是城墙的"祖先"，环壕的出现说明在大约9 000年前，在义乌的上山文化中，社会分化已经达到了一定的程度，环壕中的居民当为部族中的贵族，他们对于分散于周围的村落具有统治权，可以动员所需要的人力、物力，完成像环壕这样巨大的工程。

位于杭州市萧山区的跨湖桥文化遗址(距今8 000—7 000年)出土的彩陶分乳白色厚彩和红色薄彩两种,义乌桥头文化遗址彩陶的多样性虽不及跨湖桥文化遗址,但已经具备了跨湖桥文化遗址上述两种类型彩陶的特征;桥头文化遗址的太阳纹图案也与跨湖桥文化遗址中的太阳纹图案一脉相承。

位于绍兴嵊州市的小黄山遗址(距今10 000—8 000年)第一阶段出土的敞口小平底盆,与浦江上山文化遗址有着传承发展的递嬗关系;而第二阶段出土的敛口钵、双腹豆等陶器的形态特征和红底白彩的装饰风格则与跨湖桥文化中的同类陶器有着十分密切的传承发展关系;同是小黄山遗址出土的双鼻罐、平底盘又与河姆渡文化的代表性陶器具有某种传承发展的内在联系,因此被认为是河姆渡文化重要的来源之一。

依据考古发现,学术界得出这样的共识:浙江不同时期、不同地域的多个史前文明遗址间存在着源流关系。

(1) 位于嵊州的小黄山遗址是河姆渡文化的重要来源;同时,它又是联系杭州市萧山区的跨湖桥文化与浦江、义乌的上山文化之间的桥梁。

(2) 位于浙江萧山区的跨湖桥文化遗址是钱塘江南北两岸地区内的河姆渡—马家浜文化体系的一个重要源头。

(3) 位于浙江嘉兴市的马家浜文化遗址上承河姆渡文化,下启崧泽文化和良渚文化。

根据以上结论,我们可以画出这样的一幅浙江史前文明源流图:上山文化—小黄山文化—跨湖桥文化—河姆渡文化—马家浜文化—良渚文化(图1-22)。

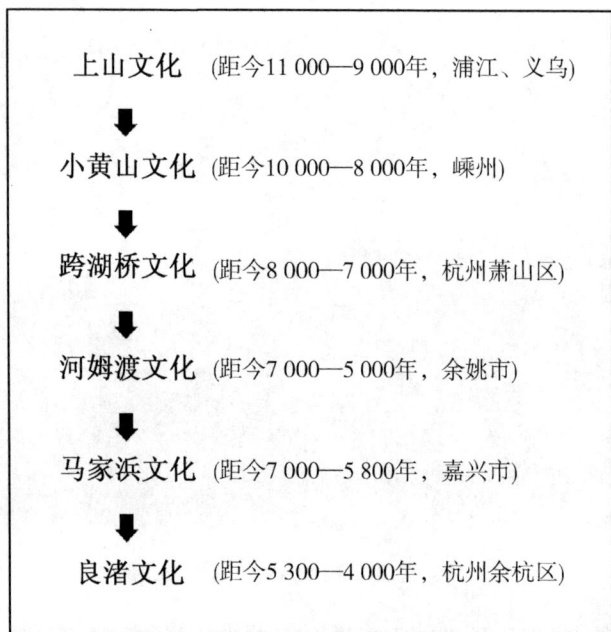

上山文化 (距今11 000—9 000年,浦江、义乌)

⬇

小黄山文化 (距今10 000—8 000年,嵊州)

⬇

跨湖桥文化 (距今8 000—7 000年,杭州萧山区)

⬇

河姆渡文化 (距今7 000—5 000年,余姚市)

⬇

马家浜文化 (距今7 000—5 800年,嘉兴市)

⬇

良渚文化 (距今5 300—4 000年,杭州余杭区)

图1-22 浙江史前文明源流示意图

在迄今为止所发现的 18 处上山文化遗址中,位于金衢盆地区域内者共 14 处,占总数的 77.78%,另有浦江上山文化遗址——位于金衢盆地边缘的小盆地中,嵊州小黄山遗址——位于金衢盆地边缘的小盆地中,如果将这两处遗址也加进来,则金衢盆地及其边缘上山文化遗址的总数就达到了 16 个,占上山文化遗址总数的 88.89%(图 1-23)。

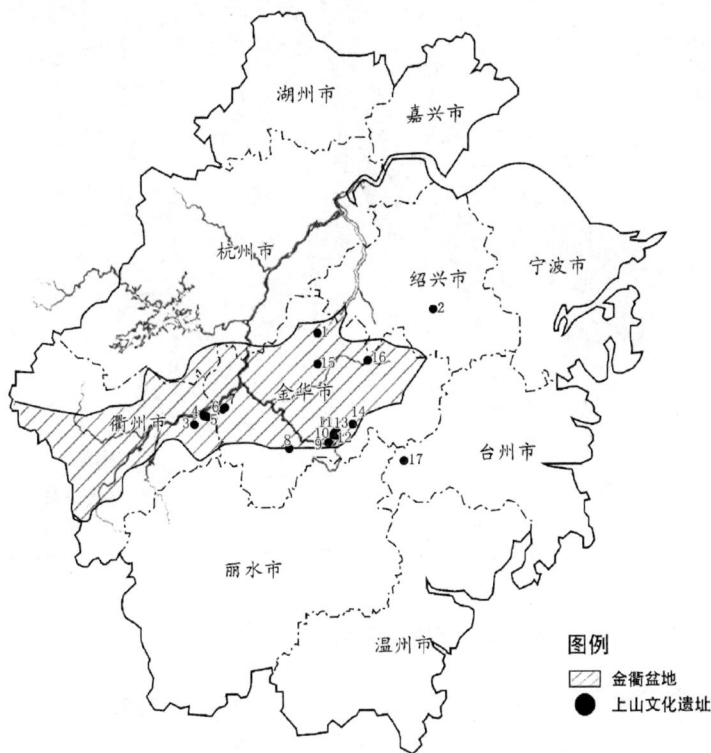

图 1-23　金衢盆地上山文化遗址分布

所以,我们说,作为一个文化—地理单元,金衢盆地是浙江史前文明的发源地,是浙江先民的摇篮。

第三节　义乌是金衢盆地的"龙头"

浙江多山,濒临东海。山地和大海既孕育了浙江文明,也为浙江文明打上了深深的"山、海"印记。

如果把西南—东北向延展的金衢盆地比作一条巨龙,那么,地处盆地东端的义乌,就是朝向大海、俯瞰杭嘉湖平原和宁绍平原的"龙头"(图 1-24)。

远古时代的义乌,气候湿润、森林茂密、水草丰盛,为浙江先民的繁衍生息提供了良好的条件。据 1987 年《义乌县志》载:"据徐村、平畴等地出土的硅木化石,今东塘乡残存的孑遗植物银杏,可知在上古时代,乌伤大地到处覆盖着茂密的森林……据《吴越备史》记载,后周广顺三年(953 年)'东阳有大象自南方来,陷陂湖而获之',据此足见婺州(武胜军)森林之茂盛。历唐、五代、两宋,县境森林基本完好。"《义乌家园文化》一

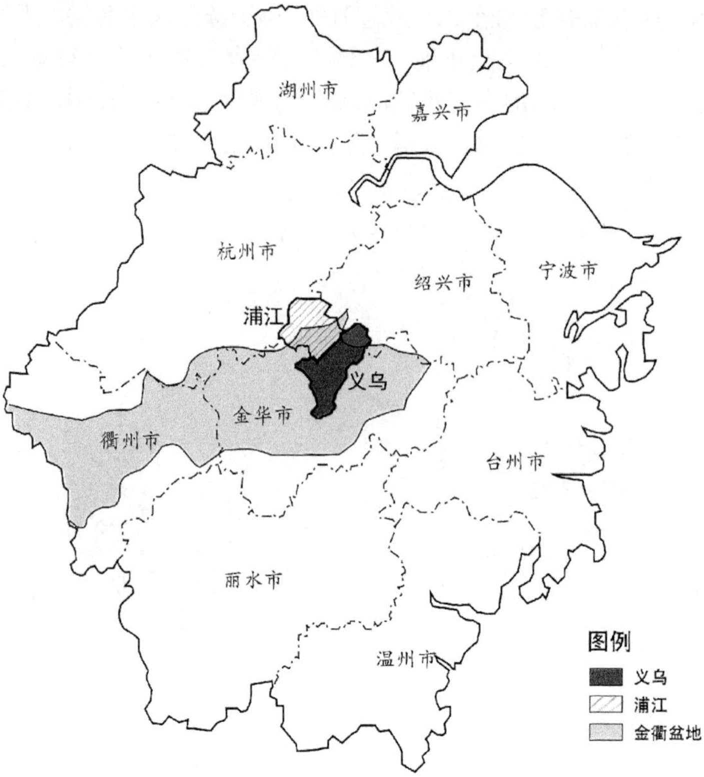

图 1-24　宛如金衢盆地"龙头"的义乌

书则记述了考古工作中的新发现："义乌古称'南林'（《东周列国志·越女传》），木材资源相当丰富。距义乌县城东不到 20 公里处发现了'东阳龙'化石，在塔下洲、山口村，以及 1994 年在佛堂镇剡溪村附近的山坡上出土了几十枚恐龙蛋化石，由此可以推测义乌当时的森林是非常茂盛的。"[②]

　　继发现恐龙蛋化石之后，2014 年，在江东街道观音塘村，发现了 11 层中生代恐龙、翼龙和鸟类足迹化石，其种类和数量之多均属罕见；义乌城郊阳光大道旁一个小山坡的土层下，也埋藏着恐龙活动的踪迹，足见在 1.3 亿—6 000 万年前，义乌曾是恐龙的栖息繁衍之地（图 1-25）。

图 1-25　义乌出土的恐龙蛋化石

从 20 世纪 80 年代起,在义乌佛堂镇、苏溪镇、义亭镇和廿三里街道、稠城街道等地,先后出土了石斧、石锄、石钺、石镞等大量石器。与浦江上山文化和义乌桥头上山文化遗址出土的石器相比,这些石器的制作要精巧许多,种类也更为丰富。这些出土石器向我们证明了这样的事实:在桥头上山文化之后,义乌先民继续在这片土地上发展,将文明不断地向前推进(图 1-26 至图 1-30)。

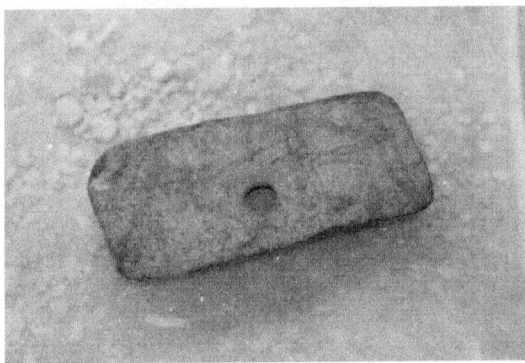

图 1-26 义乌出土的穿孔石刀

图 1-27 义乌出土的石锄

图 1-28 义乌出土的石钺

图 1-29 义乌出土的石斧

在自然条件和人类活动的共同作用下,各个地域会形成相对独立的文化—地理单元,各个单元又会形成自己的中心。我国历代行政区划的设置均比较尊重自然条件和历史源流以及经济、社会生活的既成事实。

对文化遗址进行逐个研究,我们常常会对这些遗址的"前无来龙,后无去脉"感到困惑。如果引入"文化—地理单元"这一概念,更多地思考遗址中人的活动,许多疑问便可以找到答案。

图 1-30 义乌出土的石镞

义乌北部与浦江相邻。几千年来,两地的关系特别密切。秦王政廿五年(前 222 年),建乌伤县,将今天浦江县的大部分划归乌伤县境。

秦初所置乌伤县的县域,北接诸暨,南邻太末,大致包括今金华、兰溪、义乌、永康四市县的全部和东阳、磐安、武义、浦江四县市的大部分以及仙居、缙云的一小部分。这是一个在地域上以金衢盆地为主体的行政单元,同时也是一个既成事实的文化—地理单元。

秦初中央统治集团的决策者们从遥远的西北黄土高原上向东眺望,他们决定设置以义乌为中心、以金衢盆地为主体的乌伤县,显然是基于他们对于金衢盆地在浙江的重要地位和义乌在金衢盆地的重要地位的明确认识。

汉承秦制。

唐天宝十三年(754 年),分义乌县北部及兰溪、富阳部分土地,置浦阳县(五代时改称浦江),此为浦江建设县之始。

也就是说,自施行郡县制之始,自秦初至唐天宝十三年的 976 年间,今天浦江县的大部分地域一直是义乌的一部分。

浦江上山文化遗址距义乌、浦江边界的距离不足 10 千米,义乌桥头上山文化遗址与浦江上山文化遗址之间的距离也不过 20 千米。从新石器时代早期直到盛唐,义乌与浦江一直是一个相对独立的文化—地理单元。

1960 年 1 月 7 日,国务院决定:除梅江人民公社行政区域划归兰溪县外,将浦江县绝大部分区域并入义乌县。

1966 年 12 月 22 日,经国务院批准,恢复浦江县,1960 年并入义乌县的原浦江行政区域复归浦江。

浦江与义乌之间并没有高山大河的阻隔。在上山文化时期,浦江的上山人和义乌的上山人,无论采集还是打猎,跑个十几千米甚至几十千米是很正常的事情。所以,他们双方的聚居地都在对方的活动范围之内,他们之间会有交往、交流,也可能他们本来就属于一个大的族群——正是这样的人类活动,造就了义乌—浦江这样一个"文化—地理"单元。

探险,应该是先民们重要的生活内容。他们对世界充满了好奇,为了获得更丰富的资源、更大的发展空间,为了认识自己所处的这个世界,他们都必须走向远方。义乌和浦江的上山人很可能已经把他们探险的足迹延伸到了东海之滨。他们在海滩上尽情欢呼、奔跑,他们为大海日出的壮丽景象所震撼。这可能就是义乌上山文化遗址出土的陶器上大海日出装饰图纹的由来。浦江、义乌上山人当年向东海进发的路径很可能是沿浦阳江顺流而下,从金衢盆地到近海平原,再到海边。

迁徙,是先民们推进文明进程的重要行为方式。通过迁徙——不论是主动地还是被动地迁徙——先民们可以有效地调节自己与大自然的关系,进入新的发展基地,开始新的生活。每一次进入新的发展基地后,先民们都会立即着手"复制"他们在原居住地的生活方式并以此为基础进行新的创造。

人是文明的创造者,文明的进步也在塑造一代又一代新人。迁徙是远距离大搬家,笨重的石器带不走,干阑屋也带不走,然而知识、技术、文化是可以随身带走的。到了新地方，人们马上就可以用自己的知识和技术建设对于他们来说是最"时尚"的生活，而不必把他们祖先的发展历程再重复一遍——这就是为什么河姆渡文化、良渚文化能够"不见来龙"而能"平地起高楼"。

促使或迫使於越先民迁徙的原因主要有两个：一为寻找新的耕地资源，二为海进。

种植稻谷，以稻谷为食粮，是自上山文化始浙江各个史前文明共同的、最本质的特点。稻米在人们的食物中所占的比重越来越高，耕地资源对于人们来说就越来越重要。限于当时的生产力发展水平，稻谷的生产应该是一种严重的"广种薄收"状态，加之持续多年的种植活动，造成地力下降，族群却在不断扩大，吃饭就成了严重的问题，迁徙便不可避免。

侗族是珠江流域的百越族分支，在今天的广西三江县等地的侗族聚居区，至今还流传着这样一首诉说族迁徙的古歌：

> 父亲这一辈，
> 人满院坝闹嚷嚷；
> 儿子这一辈，
> 人口增添满村庄；
> 姑娘挤满了坪子，
> 后生挤满了里巷，
> 地少人多难养活，
> 日子越过越艰难，
> 树桠吃光了，
> 树根也嚼光。
> 大家相约出去，
> 找那可以居住的地方。
> 侗家苗家沿河走，
> 结伴同行沿河上……
> 黄雀要找歇脚的落处，
> 燕子要寻做窝的檐廊。
> 我们的祖先啊，
> 四处寻找那幸福的地方③。

当年义乌、浦江上山文化的先民们可能正是为了寻找新的耕地资源，全部或部分地离开了家乡，踏上了迁徙之路，他们很可能是沿浦阳江而下，离开金衢盆地，向着钱塘江下游，向着大海的方向进发，最终在宁绍平原和杭嘉湖平原建立起新的基地。

于是，大海也成为於越族的摇篮，在河姆渡文化和良渚文化中，我们都能闻到海风的味道，都能感受到大海的开放与辽阔。

近海的平原，好处多多。然而，却也存在新的问题。一次又一次的海进（有人称之为"海侵"），使於越先民的家园多次陷入灭顶之灾，先民们被迫一次又一次地迁徙。

大约在 6 300 年前,随着气温升高,海平面上升,海潮逆钱塘江而上,淹没低地,跨湖桥人虽然一次又一次地退避,他们的家园最终还是被完全淹没,他们只好迁徙到今天的诸暨一带,跨湖桥文化消失(更准确地说法应该是,跨湖桥文化在今天杭州萧山一带消失)。

大约在 5 000 年前,又一次严重的海进淹没了河姆渡人的家园。这一次的海进是全球性的,《圣经》和西方的古老传说都讲述了人们乘诺亚方舟在滔天洪水中逃生的故事。海潮频繁地淹没陆地,海水浸渍,土地盐碱化,农作物产量大幅下降甚至颗粒无收,河姆渡人只得搬家。

大约在 4 000 年前,海平面升高,达到比今天的海平面高出 2—4 米的高度,同时,大雨导致江河泛滥,洪水与海潮叠加,良渚人的家园被淹没,耕地上的产出已无法维持族群的生存,良渚人只得迁徙。以余杭莫角山一带为核心的良渚文化消失(有学者说是"突然崩溃")。

那么,良渚的先民们迁移到哪里去了?

还有一个问题是,如果说良渚文化彻底消失了,那么,此后不久於越人建立起来的越国,又是在什么样的文明基础上、在什么地方建立起来的呢?

有学者认为:当家园被海进和洪水淹没的时候,良渚人很可能是溯流而上,向山地、金衢盆地转移。溯浦阳江而上进入义乌—浦江,应该是良渚人的明智选择。

2001 年,在浦江县黄宅镇,在距浦江上山文化遗址仅 300 米之处,考古工作者发掘出了一个良渚文化墓葬群,44 座大型墓葬集中分布在大约 2 000 平方米的地块内。发掘的器物(随葬品)表明:这是一个贵族墓葬群。

这样的一个大型良渚文化墓葬群和与其密切相关的良渚文化,是什么人创造的?存在两种猜测:第一种猜测是,它是由 11 000 年前的上山文化就地发展而来;第二种猜测是,它是由余杭良渚文化的先民们迁移而来之后创造的。

在金衢盆地东部,义乌、浦江一带,至今尚未发现相当于河姆渡文化时期的文化遗址。所以,第一种猜测的可能性不大,第二种猜测更具说服力。

情况很可能是这样:10 000 年以前,义乌、浦江的上山人向近海平原迁徙,他们或他们与当地先民融合在一起,历经数千年时间,先后创造了小黄山文化、跨湖桥文化、河姆渡文化、马家浜文化和良渚文化;大约 4 000 年前,余杭良渚文化的先民们在海进的逼迫下,由近海平原向西、向高地迁徙,他们很可能是溯浦阳江而上,进入金衢盆地。如果是这样,义乌—浦江这个文化—地理单元,便是他们到达金衢盆地之后的第一个落脚之地。他们在这里建立起了良渚文化的基地,继续发展,留下了浦江大型良渚文化墓葬群。

大型贵族墓葬群的存在,说明当时的义乌—浦江这个文化—地理单元是於越族群的中心。

于是,我们可以做出这样的推断:越国是以灿烂的良渚文明为基础,以金衢盆地东部的义乌—浦江文化—地理单元为中心建立起来的。

注释

① 车广锦:《良渚文化玉琮纹饰探析》,《东南文化》1987 年第 3 期。
② 黄美燕:《义乌家园文化》,浙江人民出版社,2010。
③ 石开忠:《鉴村侗族计划生育的社会机制及方法》,华夏文化艺术出版社,2001。

第二章　光耀古今的爱国主义精神

关于越国建国的时间,各家说法不一。

一种说法是,春秋晚期,大约在公元前 520 年前后,於越族首领允常(前?—前 497 年)在与邻国吴国的长期斗争中,整合全族的力量,建立了越国。

据《越绝书》《史记》等史籍记载,允常的先祖无余,乃大禹之后:大禹建立夏朝,传五世至少康,少康封其庶子无余于会稽,奉守禹祀,世代延续,传至允常。

另一种说法是,少康为了加强治理,派了他的庶子无余到於越族担任首领。

上述两种说法,成为"越为禹后"说的根据。然而,历史事实是,夏朝的建立,是在公元前 2070 年,而在此之前,在今天浙江的这片土地上,经过世世代代的传承与发展,於越族先民早已创造了灿烂的文明。在夏朝建立时,今杭州余杭一带的於越族文明正处于良渚文化晚期。所以,无余即使真的是由少康封到浙江来"奉守禹祀"或派到浙江来担任首领的,他的真实身份也应该是一位"政治移民"。合理的解释应该是,这位来自中原的大禹子孙,融入了於越族。

浙江的古越先民对于"越为禹后"的说法并不反感,反之,"越为禹后"的说法在民间广为流传,成为推动於越族和於越族之地浙江融入中华民族大家庭的精神力量。

在这一融入的过程中,祖先认同发挥了重要的作用。

大禹献身为民治水,三过家门而不入,奔走辛劳,最后牺牲在治水的岗位上,葬于浙江会稽。深受水患之苦的於越人民感激他、敬佩他、景仰他、供奉他,认同他为自己的祖先,这是民心所向。

大禹以德化人,其德行、其精神成为民族融合的凝聚力和推动力。

《竹书纪年》中,有周成王二十四年(公元前 1019 年)"於越来宾"的记载。这就是说,至迟在越国建国好几百年之前,东南沿海地区的浙江与中原地区的融合,已经取得了实质性的进展,於越族向周王朝纳贡已经成为一种制度安排。

4 000 年前,在今天杭州市余杭区莫角山良渚文化遗址所在地已经出现了城墙,证明那个时候的人们已经建立了初级形态的於越族国家。人们所说的允常在公元前 500 年前后建立越国,在很大程度上,所指的应该是周朝和齐、楚、吴等相关国家对越国作为一个国家的确认。

第一节　高举爱国主义圣火复国兴邦的越国实践

吴越争霸的故事千古传诵,早已为人们所熟知。

吴越两国,领土相邻,攻伐频仍。起初,吴强越弱,公元前 510 年,吴王阖闾以越国不从其出兵助战的要求而起兵伐越,越军败绩;公元前 505 年,越趁吴对楚用兵国内空虚之际,出兵攻吴;公元前 497 年,越王允常去世,其子勾践即位,吴王阖闾趁机伐越,勾践率军大败吴师,阖闾负伤而死;公元前 494 年,勾践得知吴王夫差整顿军马欲图为父报仇,遂起兵攻吴,被吴军大败于夫椒,兵困会稽山,向吴乞降;公元前 492 年,越王勾践夫妇在范蠡陪同下,依照和约到吴国服役为奴(公元前 490 年获赦免归国);公元前 482 年,吴与晋争盟,国内空虚,越乘机攻入吴都,因实力尚不足以灭吴,双方议和;公元前 473 年,越军攻破吴都,灭吴国,兼有其全部土地。

从公元前 494 年到公元前 473 年的近 20 年间,越国经历了由兵败乞和、任人宰割到战胜强敌、复兴国家的曲折历程。越国的这一段历史,成为春秋战国乃至中国古代史上最为辉煌的篇章之一,为后世留下了极为宝贵的精神财富。

今天,回望这一段历史,最引人深思的问题是,作为一个弱国、战败国,越国是凭借什么力量绝处逢生、由弱变强,最终战胜强敌的?

答案只有一个:越国凭借的是其强大的文化实力,是他们选择了一条适合自己的发展道路。

越国"复国"的做法和经验,大体可以归纳为以下几个方面:

一、以"兴邦复国"的伟大目标凝聚人心

爱国主义,是越国文化实力的核心。

越为吴所败,签订了十分屈辱的和约,沦为吴国的属国:国家的珍宝献给吴国,官员和民众的女儿送到吴国为奴婢,大片国土划归吴国,国王夫妇到吴国服役,吴国对越国实施严密的监控措施。这一切,对于一个国家而言,无异于灭顶之灾,许多国家在这种情况下分崩离析,从此消亡。越国人民却没有屈服、没有灰心,他们坚守自己悠久的民族文化传统,团结在"兴邦复国"的大旗之下,万众一心、同仇敌忾、近 20 年持之以恒地艰苦奋斗,终于使自己的祖国由弱变强,实现了"复国"的共同理想,谱写了一曲爱国主义的壮歌。

爱国主义是一个国家立国的根本,是国家存在的文化基础,是澎湃于人民心中的最深沉的感情,是国家最伟大、最可靠的力量;爱国主义是国家与人民之间的默契和利益纽带,基于此,国家才有可能通过心灵的感应、精神的激励,团结人民、发动人民,将人民组织起来,为伟大的目标而共同奋斗。只要人民心里装着自己的祖国,忠诚于自己的祖国,不论什么深重的灾难、什么强大的外力,都不可能使一个国家消亡。

在爱国主义的光照之下,在大败之后,在亡国的绝境面前,越国军民义无反顾地选择了抗争,团结在"复国"的共同目标之下。

在爱国主义的光照之下，无数平凡的人成长为英雄。

西施是一位普通的农家姑娘。她被派往吴国侍奉吴王夫差。身处险境，她一次次机智巧妙地使吴王打消了杀掉勾践的念头，保住了越国复国的领袖和旗帜；孤身一人，她牢记使命，想方设法消耗吴国的实力，为祖国的复兴创造机会。为了祖国的崛起，她贡献了自己的一切，建立了不朽的功勋。

越国的大臣们，在危难之际，忠贞不贰，勇于担当：范蠡将生死置之度外，主动提出随勾践夫妇赴吴国服役，帮助勾践渡过一个个难关；文种留在越国，担当起总理国家大事的重任，带领全国军民艰苦奋斗，待勾践归国时，越国已初步恢复元气，有了一个比较可靠的基础。

为了复国兴邦，越国人民忍辱负重，辛勤劳作，节衣缩食，一点一滴地积聚力量。越国的妇女成为复国大业中一支重要的力量，史籍中有关于"越女"的记载，她精于剑术，是今天人们所说的"民间高人"，范蠡将她请到军中，教授剑法，提高了越军的战斗力。

经过长时间艰苦的努力，越国的国力逐渐强盛起来，全国上下，一次次请战，慷慨激昂。当时机成熟，勾践下定决心领军出征的时候，老百姓热烈响应，即"国人皆劝。父勉其子，兄勉其弟，妇勉其夫"，举国上下，万众一心，投入复国的决战。

与祖国同呼吸、共命运，历千难万险而忠诚如初，这样的人民，是最伟大的力量，是最大的优势，是越国能够浴火重生的决定性因素。

二、以人为本的基本国策

以人为本，爱民重士，是越国复国大业能够取得成功的根本之道。

战败之后，越国君臣所做的第一件事情就是抚恤人民、恢复生产，采取一系列"去民之所恶，补民之不足"的政策，化解矛盾，凝聚人心。从吴国服役归来之后，勾践就治国理政的根本大计问政于文种，文种的回答是"爱民而已"，将治国理政的根本归结为"爱民"二字。文种解释说：国家要为百姓创造生存和发展的条件而不要伤害他们，政府的刑罚不要有害于百姓，国家的政策要有利于百姓的生存而不是使他们遭受困难和失败，给予了老百姓的东西就不要再夺取。文种还说：不要夺取百姓喜欢的东西，不要在农忙的时候役使百姓，这样老百姓就会喜欢，庄稼的收成才会有保证；简省刑罚，百姓就多了生存的机会；减轻赋役，就是给百姓以利益；政治清明、君王和贵族不过多地游乐，百姓就高兴；过多地劳民扰民，百姓就会发怒。治理国家的人，应该以百姓为父母，爱护他们的子弟如同兄长爱护弟弟一样，听到百姓的饥寒就应该为之悲哀。只有和百姓同喜同悲，才能真正得到百姓的拥护。勾践听从了文种的建议，施行对百姓休养生息的政策，"缓刑薄罚，省其赋敛"。同时，要求各级官员"身问疾病，躬视死丧，不厄穷僻，尊有德；与民同苦乐"。如此行之六年，而"士民一心……不呼自来，皆欲伐吴。遂有大功而霸诸侯"①。

以人为本的另一个侧面是重视人才。勾践深知人才重要，千方百计招募贤才，对于投奔越国的士人，一定要在宗庙或者朝堂隆重接待，在经济十分困难的情况下，力所能及地为人才提供最优厚的待遇，"洁其居，美其服，饱其食"②，并注重对他们的教育，将他们吸引到为国复仇的大业中来。对于有功绩的人才，如到军队中教授剑术的越女等人，一律予以重用并加以封赠。勾践还亲自驾着小船，载着粮食和肉类，寻访那些游历或游学的年轻人，为他们提供食物和帮助，并记下他们的名字，以备日后录用。

在人才的任用上，勾践不问出身、不拘一格，大力提拔任用有才能的人，把他们安排在重要的位置上。计倪不是越人，然而他有才华，勾践授其大夫之职，他向勾践提出了许多治国良策。

凡重大决策，勾践都能认真听取大臣们的意见和建议，并且常常是反复地征求意见，不但在会议上让大家畅所欲言，还采取个别征询、深入讨论的方式，力求得到最佳方案。当自己的意见与大臣们的意见相左时，勾践能够多听、兼听，及时调整自己的思路，做到从善如流。

国家爱民，民爱国家；国家重人才，人才报效国家，这是一件事情相辅相成、互相推进的两个方面。国家以人为本，爱民爱才，人民和人才的爱国之心、报国之志得到国家的尊重和回应，国家和人民、人才之间的利益联结，才能越来越紧密，为爱国主义精神提供坚实的基础和生长的营养。

三、坚强、智慧的领导核心

在复国的伟大斗争中，越国形成了一个以勾践为核心的坚强、智慧的领导核心。

越王勾践经历失败的教训和屈辱磨难，成长为一位卓越的政治家，他抱定"强国、复国"的宗旨，矢志不渝。为了达到这一目标，他自省自责，自强不息，卧薪尝胆，自我激励；"苦身劳心，夜以接日。目卧，则攻之以蓼，足寒，则渍之以水。冬常抱冰，夏还握火。愁心苦志，悬胆于户；出入尝之，不绝于口。中夜潜泣，泣而复啸"③；为了激励官员和人民，他以身作则，与夫人亲自参加劳动，与人民同甘共苦，坚持"非其身之所种则不食，非其夫人之所织则不衣"，处处身体力行，和全国人民一起共渡难关，在轻徭薄赋、减轻人民负担的同时，他"尽心自守，食不重味，衣不重彩。虽有五台之游，未尝一日登玩"③；《吕氏春秋》卷九《顺民》则说他"苦会稽之耻，欲深得民心……身不安枕席，口不厚甘味，目不视靡曼，耳不听钟鼓。三年苦身劳力，焦唇干肺。内亲群臣，下养百姓，以来其心。有甘肥不足分，弗敢食；有酒流之江，与民同之。身亲耕而食，妻亲织而衣。味禁珍，衣禁袭，色禁二。时出行路，从车载食，以视孤寡老弱之溃病困穷，颜色愁悴不赡者，必身自食之"——坚忍、坚守、自省、自强，勾践以自己的行动赢得了人民的信任与尊重，成为越国忍辱负重、艰苦奋斗创大业的一面旗帜，成为越国人民团结奋斗的核心。

越国的重臣范蠡、文种等人，忠贞不贰，不避生死，不辞艰辛，与勾践共同承担起"复国"的重任，形成了越国坚强的领导集体。

在勾践和范蠡、文种的带领下，越国的各级官员也都能做到忠于职守，克己爱民，与人民同甘共苦。越国政通人和的局面，由此形成。

四、符合实际的复国之策

越弱于吴国,又处于吴国的严密监视之下,要做成富国强军、战胜吴国这样一件大事,既不可能速成,也不可能轰轰烈烈地大干,复国的圣火只能在"地下"无形无声地燃烧。根据这样的实际情况,勾践与大臣们制定了长期准备、韬光养晦、麻痹吴王、伺机而动的策略,并且以最大的决心和清醒的头脑,将这一基本国策坚持始终、贯彻到底。在积蓄与等待的漫长岁月中,也曾经出现过许多次机会:吴国连年对外用兵,给了越国一次又一次机会;公元前483年,越国粮食丰收而吴国粮食几乎绝收,同样是极好的机会。然而,越国君臣清醒地对比两国的国力,没有盲动。公元前482年,越国趁吴国对晋国用兵,国内空虚之机,攻入吴都,俘杀吴太子友。这似乎是一次绝佳的机会,然而,当吴王率军回援,提出议和的要求时,考虑到自己的国力仍然无法彻底战胜吴国,勾践同意罢兵,率军回国。直到公元前475年,越国才对吴国发动决定性的进攻,经过三年的征战,灭掉吴国,实现了二十年的复国梦。

五、务实节俭　埋头苦干

勾践卧薪尝胆、自强不息,越国的大夫们以身作则,各级官员努力效仿,全国上下,形成了埋头苦干的风气。吴王派人到越国察访,见越王生活简朴,每日和夫人忙于耕织;大臣们和各级官员也都奔走于乡间,国家很少有政令、律令发布,"君不名教,臣不名谋,民不名使(从军或服劳役),官不名事。国中荡荡无有政令"③,这样一种政府无所作为、人民很平静的状态,让人很放心。他们却不知道,这是越国君臣、百姓在"复国"的共同目标之下形成的高度默契,在平静无为的表象下,越国正在加紧"内实府库,垦其田畴"③,一步一个脚印地向着"民富国强"的目标迈进。

越国要由弱变强,必须节约资源,将资源集中使用到最需要的地方去。为此,越国上下形成了务实节俭之风。越国的青铜冶铸业,规模巨大、技术水平高超,是越国经济中的重要产业,也是越国文化的突出特色。越国工匠铸造的宝剑,锋利精良,举世无双,庄子称越国宝剑为"至宝",荀子称其为"古之良剑"。《越绝书》也设立《宝剑》专章,加以论述。吴王夫差的父亲阖闾为了从吴王僚的手中夺取王位,派勇士专诸刺杀吴王僚,专诸所使用的"鱼肠剑"即越国工匠的杰作。20世纪后半叶以来,绍兴市陆续出土了数十柄越国宝剑,其中包括"越王勾践剑""越王开北古剑""越王州勾剑"等名剑,这些制作精良的宝剑,历经数千年,依然保存完好、剑刃锋利。2 000多年以前,越国青铜冶铸业竟然达到了如此高超的水平,让国内外专家感到不可思议。

除宝剑外,还出土了大量的青铜钺、戈、矛、戟、矢镞等兵器和犁、镰、锄、锸、铲、斧、凿、刻刀等农具、手工业工具,各种青铜器具更是种类繁多,有鼎、尊、罄、蚕、觚、鸠杖等,此外,还有各种打击乐乐器,如铙、勾鑃、铎、钟等。上述各类青铜器,同样是工艺高超、制作精良,反映出越国青铜冶铸业非同凡响的水平。

在出土的种类繁多的越国青铜器中,兵器、农具、工具数量巨大,鼎、尊、罄等礼器却很少,二者的数量相差悬殊、不合比例。与同期其他诸侯国相比,越国这一特点尤为突出。鼎、尊、罄等礼器乃国之重器,周王室和各诸侯国均铸造了大量的青铜礼器,并且力求体形大、造型美、装饰繁复、制作精良。这些礼器按照严格的规定进行组合,成套地布置在朝堂之上、宫室之中,以显示其主人的身份、地位、权力和富有。在青铜礼器这一领域,各国展开了激烈的竞争,消耗了巨大的人力、财力、物力,越国却反其道而行之,不重礼器而重兵器、农具、工具,把自己的资源集中使用于此。透过这样的文化现象,可以反映出在"十年生聚、十年教训"的"复国"斗争中,越国形成了一种十分可贵的务实文化。

六、农商并举　兴商强国

为了富国强军,越国采取了一系列行之有效的经济政策,如轻徭薄赋、奖励耕织等,其中特别重大的政策创新是大力发展商贸业。

自古以来,中原和长江流域各国均遵循以农为本、以农立国的古训,视工、商为"末技",唯齐桓公采纳了管仲的建议,"销山为钱(开采铜矿,铸造铜钱),煮海为盐",发展商贸业,依托海洋优势,将齐国迅速发展为当时经济最为发达的诸侯国,齐桓公成为春秋五霸之首。齐都临淄成为当时最为繁华的商城。遗憾的是,齐国的成功经验没有能够推广开来,"重农抑商"政策始终占据着统治地位。

勾践深知复国必须富国、富民。他多次向大臣们询问富国之策。计倪(一说计然)是韩国贵族出身,他曾在楚、越、吴三国间往来经商,积累了丰富的经验,形成了一套完整的经商理论。他向勾践提出了发展商贸业的三条建议:

第一为"息货渔利"。就是要顺应天时,把握时机,掌握市场需求变化的规律,有计划地囤积和适时出售货物。比如,丰收之年,粮食价低,这时就要卖掉六畜,大量购进粮食,囤积起来,待农业歉收时,则出售粮食,买进六畜等物资,依此运转,就能获得五倍甚至十倍的利润。

第二为"通习源流"。计倪所说的"通习源流",既包括商贸业,也包括物流业。越国近海,又多河流湖泊,有鱼盐水产之利,这是越国的特色商品;越人善于造船、驾船,有水运之利,这是越国发展物流业的优势。"通习源流"就是要充分发挥这两大优势,做大做强商贸业。计倪还提出:一定要选用懂得商贸业并且品德高尚的人来主管其事,以保证国家、商人和百姓都能从"通习源流"中得到实惠。

第三是要制定合理的价格政策。越国盛产稻米,粮食是当时各国贸易中最重要的商品之一。计倪经过计算提出每石粮食的价格应控制在 30 钱至 90 钱之间,这样既不会因谷贱伤农而挫伤农民种田的积极性,又能够让商人得到合理的利润,农业和商业的发展才能和谐,社会才能稳定。

勾践采纳了计倪的建议,在奖励耕织的同时,以海盐生产、贸易为重要手段,充分发挥铜、锡等金属矿藏开采和青铜冶铸业优势,大力发展商贸业,越国很快出现了农工商并举、行业齐全、产业融合发展的大好局面,国家迅速走向富强。

在齐国兴商强国登上霸主之位大约 200 年之后,越国创造了我国历史上第二个兴商强国、成为霸主的光辉范例,开越地商业文化之先河。

第二节　施行仁政　称霸百年

灭吴之后,越国凭借其强大的国力,趁势展开创建霸业的活动,将其战略重点转向北方,经营中原。公元前 473 年,对吴作战结束,勾践立即挥师北上,越国的大军"横行于江、淮东"④,无人可敌。勾践在徐州(今江苏省徐州市)会盟齐、鲁等各国诸侯,"泗上十二诸侯,皆率九夷以朝"⑤"诸侯毕贺,号称霸王"④。自此,越国确立了自己的霸主地位,成为春秋时期最后一位霸主。

在新环境、新情况、新形势下,越国采取了一系列新举措,施行了相应的新政策,其做法与此前的霸主有许多不同之处。

首先,是高举"尊王"的大旗,号召各国共同辅佐周王室。勾践以盟主的身份,遣使到齐、楚、秦、晋等国,要求大家歃血为誓,齐心戮力,共同辅佐周天子。各国诸侯都答应前来会盟订约,唯独远在西北的秦国不听号令,拒绝参加。勾践乃以越国的精锐之师,西渡黄河,远征秦国。秦君闻讯,十分害怕,赶忙认错请罪,表示愿意听从越王号令。越军不战而胜,声威大振,"中国皆畏之"⑥。

对秦用兵,越军稳操胜券,然而,勾践却没有趁势灭掉秦国,而是收兵回国。这一举动,使各国心悦诚服。

公元前 471 年,勾践向周王室纳贡,周元王封勾践为"侯伯",并亲自将代表周王室权威的胙肉赐予越国,确认了越国的盟主地位。

其次,是施行仁政。其举措有三:

其一,善待原吴国百姓。当初,越国战败之后,越国官员、百姓的女儿都被送到吴国为奴婢,越国百姓沦为吴国的奴隶,任由驱使,过着悲惨的生活。越灭吴之后,并未因与吴国是世仇而欺压原吴国的百姓,而是像对待越国百姓一样地对待他们,不杀戮无辜,不毁坏他们的祖坟,让他们休养生息,并且组织他们兴修水利,改善农业生产条件。原吴国的人民因此很感激越国,与越国人民友好相处。吴、越之民,同为古越族,大约在 4 000 年之前的良渚文化时期,第三次海进导致了宁绍平原良渚人的大迁徙,一部分良渚人迁移到太湖地区,世代繁衍,后来建立了吴国。所以,吴、越之民,可谓同根同源、同俗共气,战争使他们成为仇敌,给两国人民都带来深重的灾难。勾践采取善待原吴国百姓的政策,使两国人民重新融为一体,奠定了国家长治久安的基础。

吴、越先后称霸,两国的实力都十分强大,现在吴、越人民融于一体,两国融为一国,实现了两霸合一,越国的国力更是无人能敌。

其二,归还各国被吴国占领的土地。吴国在争霸和称霸期间,攻伐楚、鲁、宋等国,夺取了楚国沿黄河一带的土地,占领了宋国苏郡县一带的土地和鲁国泗水以东方圆百里(1 里＝500 米)的领土。越灭吴,吴国土地均为越国所有,上述吴国攻占的各国土地自然也归入越国。"春秋无义战",各国之间征伐不休,每开启战端,必有堂而皇之的理由,而究其实,无非是为了抢地盘、扩大势力而已。勾践主动将已经收入囊中的上述土地归还各国,各国自然感激不尽。越国由此赢得了"仁义"的好名声,与周边各国建立了稳定的友好关系。

其三,调和矛盾。春秋时期,各国之间,不仅互相攻伐,而且互相插手别人的内部事务,世代积累,留下数不清的矛盾、解不开的冤仇。越国称霸后,依托盟主的声望和自己强大的实力,采取多种方式,化解、调和各国之间的矛盾,取得了明显的成效,各国争斗不休的局面逐渐得到缓和。

勾践"尊王"和施仁政的一系列举措为越国赢得了很高的威望,创造了国内团结发展的大好局面和与各国间友好相处的外部环境,越国的霸主地位因此得以巩固和加强,越国的发展达到了巅峰。

第三节　越国实践的重大贡献

越国实践为中华优秀传统文化的形成与发展做出了重大的贡献。

立足中原看天下,越、吴两国地处偏远,长江构成天然阻隔,交流不便,中原人对其知之不多。或许正因为如此,越、吴之地,原来被视为"化外之地";越、吴之民,原来被称为"蛮""夷"。然而,在春秋中后期,越、吴两国却后来居上,先后进军中原、会盟诸侯,从长江下游、东海之滨,走到了春秋历史大舞台的中心,左右天下大势。一部春秋史,一部先秦文明发展史,因之而出现重大转折,东部沿海地区百越族及其所创造的文明,实现了与中原地区民族、文明的大融合。在吴国、越国将稻作文明、干阑文化、海洋文化和其先进的青铜文化向黄河流域乃至更广大的北方地区传播的同时,中原文化也跨过长江,走进广阔的百越文化区,走向大海。

吴、越先后称霸的历史是一部春秋时期我国东部沿海地区的快速发展史,是东部沿海地区各民族与中原民族融为一体的历史进程。在这一进程中,吴、越两国,特别是越国,以自己可歌可泣的复国斗争实践,极大地丰富了中华文明的内涵,为中华优秀传统文化的形成与发展做出了独特的、重大的贡献。

一、越国实践与"百家争鸣"的互动

习近平同志指出:"文化是民族生存和发展的重要力量。人类社会每一次跃进,人类文明每一次升华,无不伴随着文化的历史性进步。中华民族有着5 000多年的文明史,近代以前中国一直是世界强国之一。在几千年的历史流变中,中华民族从来不是一帆风顺的,遇到了无数艰难困苦,但我们都挺过来、走过来了,其中一个很重要的原因就是世世代代的中华儿女培育和发展了独具特色、博大精深的中华文化,为中华民族克服困难、生生不息提供了强大精神支撑……德国哲学家雅斯贝尔斯在《历史的起源与目标》一书中写道,公元前800年至公元前200年是人类文明的'轴心时代',是人类文明精神的重大突破时期,当时古代希腊、古代中国、古代印度等文明都产生了伟大的思想家,他们提出的思想原则塑造了不同文化传统,并一直影响着人类生活。"[①]

我国的春秋战国时期(公元前770年—前221年)在时间上与雅斯贝尔斯所说的公元前800年—前200年的人类文明的"轴心时代"高度一致,是我国优秀传统文化形

成与发展的关键期。

在春秋战国时期,我国出现了持续数百年的"百家争鸣"文化现象,思想十分活跃,认识突飞猛进,涌现出无数杰出的思想家、政治家、军事家、文化人,如老子、庄子、孔子、孟子、荀子、墨子、管仲、孙武等等。他们是学派的创立者,代表了一个又一个文化高峰。

老子、孔子等春秋战国时期思想家们做学问的共同特点是深入实际:他们深入自然,观察自然,探求自然规律;他们深入人民群众生产生活的实践和国家治国理政的实践,思考与总结历史与现实的经验教训。他们继承前人的优良传统,将自然的运行与人类活动结合起来,进行融会贯通的思考,探求其相互关系、内在联系、运行规律,提出自己为人、处事、治国、理政的主张。

我国传统文化中的基本理念、基本思想、基本观点和以人为本的、全面的、辩证的、融合的、"天人合一"的思维方式,正是在这一时期,由上述思想家们确立起来的。

越国于公元前520年前后立国,公元前473年灭吴复国,此后称霸百年。其间,于公元前468年迁都琅琊,国势达到鼎盛,直到公元前222年秦统一江南,历时约300年。这300年正处于春秋后期和整个战国时期,同时也是老子、孔子、庄子、孟子、墨子、荀子、韩非子、孙子、商鞅等思想家、政治家、军事家、改革家"争鸣"的高峰期。

越国人民复国斗争的成功实践,很自然地受到思想家们的高度关注,成为他们重要的思想材料和绝佳的论据。

孙武是我国古代最著名的军事家,伍子胥是当时著名的政治家,他们任职于吴国,对于越国这个"身边"的敌人,始终保持着高度的警惕。孙武是吴国军队的统帅,掌握越国的情报并进行深入研究、制定对策是他的日常工作;身为吴国的相国,伍子胥曾多次劝诫吴王:勾践自奉甚俭、奋发图强、任贤用能,日后必成大事,对于吴国而言,是巨大的威胁。"胥闻越王句(勾)践……宫有五灶,食不重味,省妻妾,不别所爱,妻操斗,身操概,自量而食,适饥不费。是人不死,必为国害。越王句(勾)践食不杀而餍,衣服纯素,不衿不玄,带剑以布。是人不死,必为大敌。越王句(勾)践寝不安席,食不求饱,而善贵有道。是人不死,必为邦宝。越王句(勾)践衣弊而不衣新,行庆赏,不刑戮。是人不死,必成其名。"⑧

范蠡和文种这两位越国重臣同样是当时著名的政治家、思想家,他们亲身经历了越国由弱到强的全过程,在其中扮演了重要的角色。他们与各国的君臣有着多方面的交往和联系,很自然地成为各国了解越国的重要信息来源。范蠡作为越国主管外交和军事的大夫,在当时的国际舞台上享有崇高的声誉和巨大的影响力。他让人们看到,忠诚的、有才华的大臣对于国家是何等的重要。复国斗争胜利后,范蠡明智地辞官引退。他隐姓埋名,远赴齐国海滨,经营商业,很快就盈利千金。齐人知他贤能,举荐他担任相国,他坚辞不就,将家财尽散于人,辗转来到陶地(今山东定陶县)经商,很快又成为富翁。史籍中说他19年之中"三致千金",加之他为人慷慨、仗义疏财,人们尊称他为陶朱公,后世奉他为"商圣""文财神"。他虽然离开了越国,却把越国的商业文化传播到了黄河流域的广大地区。

孔子和他的弟子们对于越国正在发生的事情十分关注。公元前484年,齐国起兵攻鲁,大军兵临城下,鲁国告急。孔子召集他的弟子们商议救国之策,派子贡前往齐、吴、越三国游说。子贡先到齐国,设法稳住齐军,然后赶往吴国,劝说吴王兴兵攻齐。为了解除吴国的后顾之忧,他又来到越国,勾践以隆重的礼节接待子贡。子贡对勾践说:如果没有报复别人的心却遭到别人的怀疑,那是因为你做了蠢事;如果有报复之心而被人察觉,你就会受到祸害;如果你的报复行动还未开始就被对方发觉,事情就会败坏——这三者都是成事的大忌。子贡的这番话委婉地点破了越国的韬光养晦之策。显然,孔子师生对于越国的复国目标和复国策略都曾进行过深入的分析。接下来,子贡又分析了当下的形势,指出如果吴国出兵攻齐,无论胜负,对于越国而言都是有利的。他建议勾践抓住时机,以贵重的礼物讨吴王的欢心,以表忠的言辞让吴王放心,派出军队随同吴军攻齐以坚定吴王的决心。勾践依计而行,吴王果然放心地率军攻齐,鲁国解困。

据《吴越春秋》卷六《勾践伐吴外传》记载,勾践迁都琅琊不久,孔子曾率弟子来见勾践。这是孔子周游列国的系列活动之一,也是一次中原文化与越文化的高层次交流。孔子有备而来,"奉先生雅琴礼乐奏于越",并说自己"能述五帝三王之道"。勾践则向孔子介绍了越人和越国文化的特点:"越性脆而愚,水行山处;以船为车,以楫为马。往若飘然,去则难从;悦兵敢死,越之常也。"

孔子及其弟子与勾践的这两次交流,是越国实践与思想家互动的典型案例:孔子及其弟子并不仅仅是从旁观察越国,他们有时候是亲临现场并且参与其事。

二、越国文化　广泛传播

越国文化、越国精神对于当时和后世的影响,深刻而又深远。就当时而言,越国文化的影响与传播,具有以下几个方面的特点:

1. 地域广阔

称霸之后的越国,合吴、越两地为一,是当时的大国。墨子生活的时代,比勾践要晚一些,当时越国仍然十分强盛。墨子在其著作中,将越国与齐、晋、楚并称"四强",说上述四国:"土地之博,至有数千里,人徒之众,至有数百万人。"[①]作为一个疆域辽阔、国力雄厚、文化先进的大国,越国文化在各个国家、各个地区得到了广泛的传播。

2. 持续时间长

越国称霸的时间,长达百年之久,是春秋时期称霸时间最长的霸主之一。在长达百年乃至更长的时间里,越国文化不断地得到丰富、提升并持续地向各国、各地区传播、辐射,所产生的影响,是其他诸侯国所难以企及的。

3. 途径多元

越国文化传播的途径,可以分为强力推进和民间交流两大类。强力推进主要有两条途径:一是作为盟主,越国有责任提供公共产品(包括理念、原则、方案、条约、战略等等),要召集各路诸侯议事签约,推动、监督盟约的执行,并率先垂范,在这一过程中,越国文化自然居于主导地位并广泛传播开来;二是越国的大军纵横长江、黄河两大流域,向西一直远征至秦国,大军所到之处,自然也就带去了越国的文化。民间的交流,主要包括越国人民与各国人民之间的商业、文化交流,越国有商贸业优势,商品交易是有形的,民间的文化交流则是无形的、潜移默化的。

4. 层面广泛

越国文化的传播,达到各个层面:既有对于周王室、周天子及其大臣的传播,又有对于各诸侯国政府的传播,既有对于学者、思想家们的深刻影响,又有对于老百姓的潜移默化影响。

5. 树典范、讲故事

越国文化的传播主要不是通过讲道理的方法,而是以树立典范、讲故事的方式传播开来。

越国复国斗争的胜利树立了一个全国一心、同甘共苦、艰苦奋斗、共铸大业的典范;西施树立了一个老百姓爱国、为国献身的典范;范蠡、文种等越国大夫树立了忠诚尽职的典范;越王勾践树立了一个贤明君主的典范。

正是从越国提供的典范中,政治家、思想家和老百姓从不同的角度总结出许多道理。伍子胥曾说:"臣闻越王朝书不倦,晦诵竟夜,且聚敢死之士数万,是人不死,必得其愿。越王服诚行仁,听谏进贤,是人不死,必成其名。"[10]伍子胥非常重视文化软实力,深知文化软实力在经济社会发展中的重要作用,深知文化软实力是引导、推动物质硬实力发展的重要力量和决定性因素。他这种思考问题、观察问题的方式,他的思维逻辑,在春秋战国时期的思想家、政治家当中,颇具代表性。在这个问题上,思想家们形成了一种"君王贤明、爱民重士则国家强;君王昏庸、政治黑暗、横征暴敛则国家败"的规律性认识。

三、越国精神的主要内涵

在实践中创造,在传播与体验中思考,经过思想家和人民群众的传颂、总结,越国精神的轮廓逐渐清晰,其价值日益受到重视并产生了广泛而又深刻的影响。

越国精神概括起来大约有以下几个方面:

(1)万众一心、复兴祖国的爱国主义精神;

(2)以人为本、爱民重士的人文精神;

(3)忠诚勇敢、不畏强暴的斗争精神;

(4)守望相助、共同奋斗的团结精神;

(5)艰苦奋斗、务实节俭的创业精神;

(6)舍己为国、舍己为公的奉献精神;

(7)"兴商强国"、农商并举的创新精神;

(8)志向高远、不改初心的坚守精神;

(9)自省自警、自强不息的上进精神。

爱国主义是中华优秀传统文化中最重要、最核心的内容,是中华传统价值观判断人和事的决定性标准。无论当时还是之后两千多年以来,越国文化中最受人关注、推崇的,正是越国人民在国家危难时刻所表现出来的爱国主义精神。

国家的形成是一个漫长的历史过程。在这一过程中,与国家相关的文化、精神也同时生长起来。大约在春秋末年和战国时期,我国黄河流域、长江流域各诸侯国先后具备了国家的基本特征和较为完备的国家职能。越国的迅速发展与称霸正是处在这一历史时期。越国的突出贡献在于:它提供了一个国家成长、成型的典范,同时也提供了与国家相关的精神、文化形成、发展的典范。

正是在越国可歌可泣的复国斗争中,越国人民的爱国主义精神蓬蓬勃勃地生长、发育、升华,闪射出耀眼的光彩,发挥了决定性的作用。

作为一个早期形成的、特别突出的案例,越国人民的爱国主义精神历来备受推崇,成为中华文化宝库中特别重要的瑰宝。我们中华民族英雄辈出,英雄们的共同特点就是他们身上都闪耀着爱国主义的光辉:木兰从军,女扮男装;岳母刺字,"精忠报国";杨家将,满门忠烈;史可法,血洒扬州……爱国主义,渗透到中国人的血液中,成为中国人的道德准则、行为规范。中国老百姓都懂得"天下兴亡,匹夫有责"的道理,都秉承"位卑未敢忘忧国"的传统。在爱国主义的光照之下,我们中国人关于个人与家庭、社会、国家关系的思考,不是从个人出发,不是以个人为中心,而是将个人置于群体之中,形成了群体优先、国家利益高于一切的优良传统。文天祥说:"人生自古谁无死,留取丹心照汗青。"林则徐说:"苟利国家生死以,岂因祸福避趋之。"陆游虽然已经年老体衰,却依然胸怀报国之志,写下豪壮的诗篇:"僵卧孤村不自哀,尚思为国戍轮台。夜阑卧听风吹雨,铁马冰河入梦来。"

在越国的治国理念中,民本思想居于主导的、统驭的地位。文种将治国方略高度概括为"爱民而已"。范蠡向勾践阐述古之贤主圣王的治国之道的"去末取实",指出:"末"是虚名,"实"包括五谷、财物、人心、贤士,说这四者是治国安邦之宝,要收罗天下贤俊之士,要保全百姓(在战争发生的时候)。范蠡强调:知道保全百姓的人才有希望得到天下,不知道保全百姓的人肯定会失去天下。越大夫苦成对于百姓的力量与作用做了生动的阐述,他在谈到顺从众人和使用众人的关系时说:水能浮起草木,也能使之沉没;大地能生育万物,也能毁杀它们;江河能向下流入溪谷,也能泛滥上涌。

这样的思想,后来发展为"民为邦本,本固邦宁"的理论认识。

孟子对于民本思想的阐述更为精到,他直截了当地说:"民为贵,社稷次之,君为轻。"孟子主张君王执政应以民为本,民心所向即为天下趋势。他指出:"得天下有道,得其民,斯得天下矣。得其民有道,得其心,斯得民矣。得其心有道,所欲与之聚之,所恶勿施尔也。"⑪

三国时的司马懿将孟子的话概括为"得民心者得天下"。唐代魏徵则说:"怨不在大,可畏惟人,载舟覆舟,所宜深慎。"这也就是人们十分熟悉的"水能载舟,亦能覆舟"。

孔子说:"仁者爱人。"从"民为邦本""民为贵"出发,春秋战国时期的思想家们为"德政""仁政""仁义""贤明"这些概念确立了以"人""民""爱民"为核心的衡量标准。这是一个建立在人际关系,建立在个人与群体,与社会、民族、国家关系基础之上的标准。这样的一个标准以及与其相关的思维方式和思维材料(案例、概念、叙述、推理),共同构成了中华文化的突出特点、中国人文主义的突出特点和巨大优势。

中华文化以人为本的人文主义跳出了个人修养、自我完善的狭隘小圈子,走向社会实践的广阔天地,"德政""仁政""仁义""贤明"这些概念不再是抽象的、虚幻的、不可捉摸的,引入"民"和对"民"的态度这样的标准之后,这些概念就成了生动的、实在的、易于判断的。勾践将"爱民重士"落到了实处,老百姓说他"贤明""仁德",学者们也将他作为"贤明君主"的典范。

自强不息是中华民族的优秀传统,《周易》云:"天行健,君子以自强不息;地势坤,君子以厚德载物。"越国人民正是秉持着自强不息的精神,经过长时期的艰苦奋斗,使越国由弱变强。勾践是越国文化"自省自警、自强不息"精神的杰出代表,"卧薪尝胆"是他自省自警、自强不息的独特行为方式,也成为他的标志性符号,对后世产生了极其深刻的影响。卧薪尝胆和十年生聚、十年教训,一直是中国人辞典中使用频率非常高的成语。

两千多年来,有无数的史书、文章和文学艺术作品、民间传说讲述越国复国斗争的史实,总结其经验,演义其故事。在这些作品中,民女西施作为越国人民的代表永远是主角。大诗人李白在其《西施》诗中写道:"西施越溪女,出自苎萝山……浣纱弄碧水,自与清波闲……勾践徵绝艳,扬蛾入吴关……一破夫差国,千秋竟不还。"宋人郑獬将西施列为破吴第一功臣:"千重越甲夜成围,宴罢君王醉不知。若论破吴功第一,黄金只合铸西施。"明朝开国皇帝朱元璋将西施与勾践并列为"天生两奇绝",其诗云:"天生两奇绝,越地多群山。万古垂青史,西施世美颜……一召起闾里,勾践扼雄关。伐谋应得志,西浙径亲攀。铁甲乘潮渡,黄池兵未还。"当代著名新闻工作者范长江的《浣纱吟》,热情地歌颂了西施和与她一同前往吴宫的越国民女郑旦:"苎萝山下一女郎,受命吞吴倚红妆……郑旦柔情迷越路,西施卓识乱吴疆。浣沙石上留迷踪,越女英名传四方。"明代中期,著名剧作家梁辰鱼编写了以越国历史为题材的戏曲《浣纱记》;1961年,著名剧作家曹禺以勾践卧薪尝胆和越国人民的艰苦奋斗为题材,编写了话剧《胆剑篇》,极大地鼓舞了正处于困难时期的全国人民的斗志。

通过这样的路径,越国文化精神融入中华文化精神之中,获得了永恒的生命,并不断发扬光大,熏陶着一代又一代中国人,造就无数英雄豪杰,构筑起我们中华民族的脊梁。

四、义乌是越国复国斗争的重要基地

地处金衢盆地东端的义乌—浦江文化—地理单元,是浙江史前文明的源头,早在11 000年前的上山文化时期,这里就已经出现了於越先民的聚落,诞生了世界上最早的稻作文明,出现了最早的干阑式建筑。在大约4 000年前,以今杭州市余杭区为活动中心的良渚人在第三次海进中被迫离开家乡,他们当中的一部分人迁徙到太湖地区,在那里繁衍生息,后来建立了吴国;另外的一部分良渚人,很可能选择了沿河流上溯,迁徙到今诸暨和义乌、浦江一带。浦江县发现的大约4 000年前的良渚文化大型墓葬群证明了在第三次海进之后,良渚文化在义乌—浦江文化—地理单元实现了持续发展。

正是在良渚文化发展的基础上,勾践的父亲——允常,建立了越国。

在越国发展的历史上,特别是在越国复国的斗争中,义乌占据着重要的地位。

1. 义乌是越国重要的政治、军事中心

1981 年,在今义乌义亭镇平畴乡平畴村南约 200 米处的山间,发掘出一座西周墓。墓中及墓左侧共出土随葬品 114 件(其中,墓中出土 62 件,墓左侧出土 52 件)。出土随葬品以原始青瓷和陶器为主,共有百余件,数量如此之多的原始青瓷和陶器集中出现在一座西周墓中,在全国亦属罕见。此次出土的原始青瓷有盉、缸、豆、碗、碟、盂等多种类型,陶器则有黑釉印纹陶缸、陶磬等。从造型、釉色判断,均属当地产品。这批原始青瓷和陶器具有西周中晚期的特色,向我们透露出三个方面的信息:其一,表明义乌是全国烧制原始青瓷最早的地区之一;其二,说明在越国建国之前,义乌已经是一片经济社会发展十分活跃的热土;其三,原始青瓷在当时属于奢侈品,数十件原始青瓷在一处墓葬中集中出现,标明了墓主人高贵的身份。由此我们可以做出这样的判断:义乌是当时贵族聚居之地(图 2-1)。

图 2-1　义乌市博物馆馆藏之原始青瓷

2000 年,在义乌市城市中心区绣湖广场建设工程施工过程中,发现厚度达 6—9 米的文化堆积层,其中,上下迭压地下街道达三层之多。同时,在同一施工现场,在今市政府大门东南侧约 50 米处,发现春秋战国时期古井一口,于井中出土春秋战国时期细方格纹陶罐一只。该古井低于现地表约 4 米,其总残深 4.1 米,残存木质井架 8 层,每层由 4 根各长 1.03 米、宽 0.05 米、高 0.18 米的条木,以榫卯结构组合成方形井架,井架总高 1.42 米,长、宽各 1.73 米;井架以下为无护壁岩石部分,圆形,高 2.68 米,直径 0.97 米。该井中出土的陶罐,直口、短颈、丰肩、深腹、平底,口径 11.3 厘米、底径 9.5 厘米、高 20.9 厘米,断代与古井同时——均为春秋战国时期。

这口古井遗址的发现,说明义乌今主城区中心区在春秋战国时期是人口聚居的地方。

可以作为佐证的是,在义乌市廿三里街道莲坑村北矮坟山,发现了春秋战国时期的矮坟山陶窑遗存,窑场面积约为 4 000 平方米,证明当时义乌居民的数量达到了相当大的规模。

2003 年,在义乌江东街道观音塘村狗尾巴山上,发现了多座西周至春秋时期的土墩墓。墓中出土了一件印纹陶罐和两件原始青瓷碗,三件随葬品的制作工艺均达到了很高的水平。土墩墓这种墓葬形式最早始于夏商两朝,一直延续至战国早期。上述土墩墓群的发现,说明当时有为数众多的贵族聚居于义乌,义乌当时很可能是越国的政治中心。

可以作为佐证的是,2003 年,与义乌相邻的东阳市发现了大型越国墓葬。是年 6 月 21 日《光明日报》载文称:"这是一座坐东朝西的长方形浅土坑木椁墓,有石砌的甬道与墓道……墓上堆筑有巨大的封土墩,长径 36 米,短径 26 米,中心高 4 米多,用结构细腻紧密的硬质膏泥夯筑而成,结构坚实,密封程度高。墓道与甬道用石块垒砌成石室状……墓坑规模宏大,长 13.52 米,宽 4 米,深 0.3 米左右……考古专家判定,当时该墓葬有巨大的木椁葬具。考古专家发现大量的玉质随葬品……专家初步判定,该墓时代为春秋晚期,应是一座大型越国墓葬……据悉:此次出土的墓葬是中国古代吴越墓葬文化的典型代表,墓主可能是越国的王室成员。"[⑫]

据义乌市博物馆《义乌市内出土先秦文物一览表》的统计,截至 2004 年,义乌共出土青铜器 9 件,均为兵器(有斧、矛、钺、剑、镞等),没有一件礼器,由此可见义乌这个地方的青铜文化与越国青铜文化具有共同的物质:精耕勤战、节俭务实(图 2-2)。

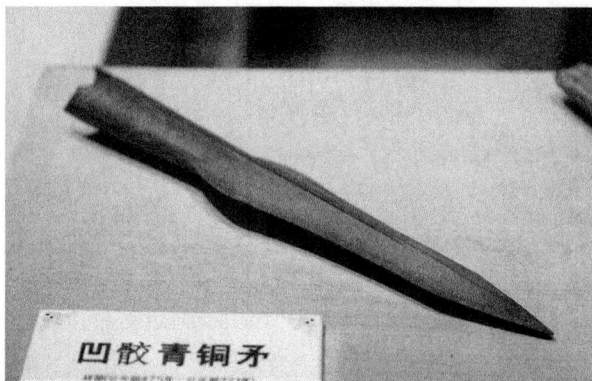

图 2-2　义乌市博物馆馆藏之青铜矛

同是在 2000 年义乌主城区绣湖广场的工程施工过程中,在不到 1 万平方米的范围内,还发现了密集分布的古井 20 余口,其中汉代古井 11 口。这 11 口汉代古井分两排整齐排列,井与井之间的距离约为 8 米。将此汉代古井群与相关其他考古发现结合起来思考,可以断定:自春秋战国时期至秦、汉,义乌今主城区一直是人口的聚居之地,聚居的规模随时间的推移而不断扩大。

义乌是越国重要的政治、军事中心,这一点是毋庸置疑的。

2. 有研究表明:义乌是越国早期都城所在地

在义乌发现的西周至春秋时期的土墩墓群,证明了当时有大量越国贵族居住在义乌,由此可以证明义乌是当时越国的政治、军事中心。许多学者经过更进一步的考证与研究,认为义乌同时还是越国早期的都城所在地——勾践的父亲允常以义乌为都,勾践继位后,继续以此为都,直到勾践八年(前489年),才由义乌迁都山北(今绍兴)。

至于越国早期都城在义乌的什么地方,学者们持有不同的意见。

一种意见是,当时越国的都城位于今天义乌主城区的绣湖一带。

明朝末年义乌县令熊人霖,进士出身,对义乌历史颇有研究。他认为:义乌是越国的都城所在地,故在其咏义乌县城湖清门诗中写道:"西北高楼雄故都。"义乌著名学者冯志来先生赞同熊人霖的意见,为此做了大量考证:认为熊诗所言"西北高楼",应为昔日义乌县城之大城殿和城隍庙,20世纪50年代尚存。冯志来先生撰文云:

"海浸(即第三次海进——笔者注)以后,今之宁绍平原沦为泽国,包括……萧山、诸暨部分地区都还是沼泽滩地。当时所谓'乌夷'族向山地转移,使今之金衢盆地成为最繁荣的地区,成为东南靠海最近的人类活动之中心,所以《越绝书》载:'无余都会稽山南,故越城是也。'《吴越春秋》也说:勾践语范蠡曰:'先君无余,国在南山之阳,社稷宗庙在湖之南。'今之义乌正处在诸暨之会稽山南,是符合古籍记载的。"⑫

义乌有"越右通都"古石碑;熊人霖在其咏义乌县城通惠门诗中有"包吴络楚天王地"句。冯先生考证:"在远古,今义乌之地,乘船出乌伤溪向西折向北,进入兰江、富春江,可通江西、安徽、浙西、苏南。(义乌)今国际商贸城这一带的湖塘水路,北通浦阳江,到萧山临浦,进入钱塘江,向东又可联系今宁波、绍兴。水道把今义乌北部地画成一个葫芦形。在远古,无论现在的诸暨、绍兴,甚至杭州,要进入赣东、皖南,都比不上乌伤旧地方便。"⑬所以,义乌古城在远古是名副其实的四通八达之地,是交通枢纽。交通便利为建设都城提供了优越的条件。

持这一观点的学者认为:《越绝外传记》关于"勾践将降,西至浙江,待诏入吴,故有鸡鸣墟"的记载中所说的"鸡鸣墟",即位于今天义乌主城区义乌江边的鸡鸣山下。当年勾践夫妇和范蠡就是从这里登船,启程前往吴国服役的。

另一种意见是,越国早期的都城在义乌北部的勾乘山。

义乌北部与诸暨交界,交界处有勾乘山主峰(图2-3),山域约10平方千米,海拔660米,群山簇拥,重峦叠嶂,又称九层山、八面山。山下之义乌市大陈镇红峰村,其地与诸暨相接。按照秦王政二十五年(前222年)的划分,勾乘山南为乌伤县地、山北属诸暨县。至清,重新划界,勾乘山南部,包括主峰王坟岗(即九层山)、主峰东侧越王祠及祠前岭下金村(即今红峰村)(图2-4)划归义乌县。

图2-3 勾乘山主峰

图 2-4　红峰村

认为勾乘山曾是越国早期都城所在地的学者,提出了以下证据:

南宋《舆地纪胜》载:"九乘山,在诸暨南五十里,经云:句(勾)践所都也,又名句(勾)乘山,其山九层。"

《嘉泰会稽志》卷九引《旧经》云:"勾乘山,勾践所都也。"

1993 年版《诸暨县志·人物篇》载:"勾践(前 496 年—前 465 年在位)原都勾乘山……勾践八年(前 489 年)迁至山北(今绍兴),灭吴后迁琅琊。"

学者们当然不只是钻故纸堆。多年来,他们迈开双脚,不辞辛劳地跋山涉水进行实地考察,分析山川地理形势,研究、对照古今地名,并深入民间访问、搜集,付出了巨大的努力。虽然目前还不能做出最后的结论,然而,以上两种意见都是有理有据、值得重视的。

3. 勾乘山见证越国生死时刻

发生在公元前 494 年的吴、越夫椒之战,越军大败,面临亡国的命运。夫椒之战的主战场究竟在什么地方,学者们对此尚存争议。然而,关于越王向吴王请降的情势和具体地点,史志却有较为明确的记载:《诸暨县志·大事记》云:"周敬王二十六年,越王勾践三年(前 494 年),越伐吴,败,勾践……退守勾乘山,吴越议和,勾践入吴为质。"这就是说,在夫椒之战的后期,勾践率败军退守于勾乘山,并在此与吴议和。

勾乘山上上下下存留着许多古迹,如越王祠、越王坟等,并有史志可以作为佐证。

《诸暨县志·胜迹》云:"勾乘山,亦称勾吴山,九层山……越王勾践曾栖于此。今岗上有古迹遗址,俗称越王墓,又称王坟岗。"又云:"勾践祠,亦称越王祠。旧志载:勾践山北麓,建有越王勾践祠,中祀越王勾践,左右以越大夫范蠡、文种配焉。"

《诸暨县志·人物篇》:"勾乘山越王墓,传为允常冢庐,一说为允常先王墓。"

越王墓,今人称越王坟,在勾乘山主峰山顶,至今留有构筑物遗迹。

越王祠(图 2-5)至今保存完好,祠右有古井(图 2-6),祠前人工种植的一株罗汉松,树龄已达 800 多年(图 2-7)。

图 2-5　勾践祠

图 2-6　勾践祠旁古井

图 2-7　勾践祠前古罗汉松

出越王祠,向左下山东行数百步,在红峰村的稻田间屹立着一株千年古银杏树,树下有古石桥(图2-8)。

图2-8 红峰村稻田间的古银杏树与古石桥

红峰村中有古祠堂,祠堂左侧也有一株千年古银杏树(图2-9)。

图2-9 红峰村祠堂与古银杏树

越王祠右侧有一条土路可通勾乘山主峰山顶,当地人称"退马坡"(图2-10)。

传说,勾践当年率军败逃至此,为迷惑追敌,策马倒退上山,吴军追到此处,以为越军是向山下奔逃,便向山下追击,越军由此赢得了喘息之机,避免了全军覆没的命运,收拢队伍,稳住阵脚,修筑工事,凭险据守。这时越军的总人数,只剩下5 000人左右。

勾乘山成为越军最后的也是唯一的阵地。

吴军将勾乘山团团包围。很快,山上粮食断绝,越国军民"吃山草,饮腑(腐)水,易子而食"[13]。勾践问计于大臣们,大家商议的结果只有请降议和这一条路。

第一位下山求和的使臣遭到了拒绝——伍子胥坚决主张灭掉越国,吴王听从了他的意见。

图 2-10 退马坡

年轻的勾践绝望而又愤怒，大喊要"杀妻子，燔宝器，触战以死"④，与吴军拼个你死我活。范蠡、文种等人极力劝阻，并商讨出新的求和方案——收买、拉拢吴王的重臣，让他们去劝说吴王。在这一计谋奏效之后，文种作为使臣来到吴军营地，求见吴王，以非常屈辱的条件请求吴王接受越国投降。同时表示：如果吴王一定要彻底消灭越军，越王将率领 5 000 名越军拼死一战，吴军不可避免地会付出巨大的代价。

文种的这一番话软中带硬。他所凭借的一是 5 000 名越军，二是勾乘山居高临下的优势。虽然伍子胥仍然坚决反对，吴王还是同意了与越国议和。

勾乘山成为越国命运的转折点。

勾乘山也是勾践性格的转折点。在这里，勾践大悲大怒、深刻反省，开始由轻率、任性转向成熟，踏上了使自己成长为一位杰出政治家、贤明君主的艰难曲折之路。

勾乘山保全了越国 5 000 名忠勇将士、忠诚大臣，为越国的复国斗争保存了火种。蒲松龄有诗云："越甲三千可吞吴。"

勾乘山，是越国人民"十年生聚，十年教训"复国斗争的起点。

在越国历史上，勾乘山是一座具有重大意义的山。

注释

① 见《越绝书》卷九《外传计倪》。
② 见《国语》卷二十《越语上》。
③ 见《吴越春秋》卷五《勾践归国外传》。
④ 见《史记》卷四十一《越王勾践世家》。
⑤ 见《淮南鸿烈解》卷十一《齐俗训》。
⑥ 见《吴越春秋》卷六《勾践伐吴外传》。
⑦ 习近平:《在文艺工作座谈会上的讲话》,《人民日报》2014 年 10 月 15 日。
⑧ 见《越绝书》卷五《请籴内传》。
⑨ 见《墨子》卷五《非攻中》。
⑩ 见《吴越春秋》卷五《勾践阴谋外传》。
⑪ 见《孟子·离娄上》。
⑫ 转引自冯志来《於越古国探源》。
⑬ 见贾谊《新书》卷七。

第三章　明星与群星

世世代代的义乌人传承越国文化,弘扬以爱国主义、人文主义、创新求变、艰苦奋斗为核心的越国精神,使义乌文化、义乌精神不断得到丰富与升华。与这一过程同步,义乌人也在不断地发展,他们用双手建设自己的家园,他们迈开双脚走出义乌,把义乌精神传播到大江南北、长城内外。在古代义乌人中,涌现出无数英雄豪杰、名将贤臣,他们是历史天空中璀璨的明星;同时,在义乌这片沃土上,也生长出一个又一个民众群体,他们在一定的历史条件下,或聚合成一个整体英勇战斗、建功立业;或经营相同的产业形成合力,共同书写历史。他们是义乌天空中灿烂的群星。

关于明星,各种各样的文字、典籍多有记载。对于群星,史家既没有一个个记录下他们的姓名,也没有为他们立传,然而,他们建立的功勋、他们的创造和成就是不可磨灭的,他们在历史上的地位是理应得到肯定的。讲述义乌文化,研究义乌发展奇迹的动力之源,一定不能忘记他们。

鲁迅先生说:"我们自古以来,就有埋头苦干的人,有拼命硬干的人,有为民请命的人,有舍身求法的人……这就是中国的脊梁。"

义乌的脊梁就是义乌的明星和群星们共同构筑起来、支撑起来的。

第一节　璀璨明星

义乌地灵人杰,代有才人出,我们这里只能列举几位最具代表性的人物,简略地介绍他们对义乌文化发展的贡献。

一、诗人骆宾王

骆宾王(619—687),字观光,义乌赤岸镇丁店村人。唐初诗人,与王勃、杨炯、卢照邻齐名,号称"初唐四杰"。

宾王资质聪颖,7岁时对客作咏鹅诗并当场吟诵:"鹅、鹅、鹅,曲项向天歌,白毛浮绿水,红掌拨清波。"从此才名远播,被称为"神童"。

少年时随母赴山东博昌父亲任所。不久,父殁任上。家贫,无力扶柩还乡,就地安葬父亲后,奉母移居兖州瑕丘(今山东济阳县西),于艰困中抚弟养母。

　　20岁,至长安应试,不第。回瑕丘,发奋读书。后由地方官和父亲的朋友推荐,到长安任府掾之类的小官,前后5年。

　　宾王为人刚直豪爽,重气节,敢直言,为权贵所不容。33岁时,被借故免职。宾王乃离京赴豫州道王(李元庆)府,任掾曹。李元庆欣赏他的才华人品,有意提拔,嘱其"自叙所能"(作为材料、依据)。这本来是一个晋升的好机会,宾王却耻于"自媒""炫能",不愿意"积容冒进",写了一份《自叙状》,婉言谢绝。在道王府任职约6年后,宾王返回齐鲁,赋闲家居达12年之久。

　　乾封二年(667年),宾王再度入京,时年已49岁。经人推荐,对策中选,授奉礼郎,为东台详正学士。秉性不改,成亨元年(670年)年初,获遣离朝,从军边塞。这一次的挫折反而成就了他——他先赴西北,再到西南,在5年的军旅生涯中,他创作了不少雄浑壮阔、慷慨激昂的诗篇,开唐代边塞诗先河,奠定了自己"初唐四杰"第一人的地位。

　　上元元年(674年)冬,宾王奉命离蜀回京。次年年初,出任武功主簿,第二年,调任明堂主簿。在这里,他创作了长诗《帝京篇》。此诗既是他的代表作,也是唐代七言歌行体诗的代表作。《帝京篇》以描写都城长安的恢弘壮美开篇:"山河千里国,城阙九重门。不睹皇居壮,安知天子尊。皇居帝里崤函谷,鹑野龙山侯甸服。五纬连影集星躔,八水分流横地轴。秦塞重关一百二,汉家离宫三十六。桂殿嶔岑对玉楼,椒房窈窕连金屋。三条九陌丽城隈,万户千门平旦开。复道斜通鸠鹊观,交衢直指凤凰台。"接下来,诗人描写了长安城里达官贵人豪华奢靡的生活和市井风情,看上去市井间的生活也是一派温柔富贵。然后,诗人笔锋一转,进入思考与论述:"且论三万六千是,宁知四十九年非。古来荣利若浮云,人生倚伏信难分。始见田窦相移夺,俄闻卫霍有功勋。未厌金陵气,先开石椁文。朱门无复张公子,灞亭谁畏李将军……桂枝芳气已销亡,柏梁高宴今何在……当时一旦擅豪华,自言千载长骄奢。倏忽抟风生羽翼,须臾失浪委泥沙……已矣哉,归去来。马卿辞蜀多文藻,扬雄仕汉乏良媒……谁惜长沙傅,独负洛阳才。"

　　此诗一出,轰动长安,人们争相传诵,誉为绝唱。

　　仪凤四年(679年),宾王调任长安主簿,旋擢侍御史,仍然是那样耿介正直,直言进谏,为官场所不容,终被诬赃入狱。在狱中,他写下了许多明志自陈的诗篇,其中,《在狱咏蝉》流传最广:"西陆蝉声唱,南冠客思侵。那堪玄鬓影,来对白头吟。露重飞难进,风多响易沉。无人信高洁,谁为表予心。"诗人是义乌人,故自称"南冠"。他托物寄怀,以蝉自喻,说自己像蝉一样清白,被人诬陷,却又无法申诉,怨愤之情,溢于字里行间。

　　永隆元年(680年)冬,宾王遇赦获释。永隆二年(681年)夏,贬为临海县丞;七月赴任所,顺道过故乡义乌,安葬母亲;八月就任,郁郁不得志。

　　文明元年(684年)是宾王生命中的多事之秋。这一年,他离临海赴京。当时武则天临朝称制,下令"大赦",为招募贤才,命"职官五品以上举所知一人"。大将军程务挺表示愿意推荐宾王,宾王无意在武氏朝中为官,婉言辞谢,随即离京南下,至扬州。

在扬州,宾王与徐敬业等人密议起兵反武。是年九月,徐敬业起兵,自称匡复府大将军,领扬州大都督。宾王任"艺文令",负责案牍,起草了那篇轰动朝野、流传千古的讨武檄文——《为徐敬业讨武曌檄》,历数武则天的罪状。反武势力集结于徐敬业旗下,达10万余人,声势浩大。武则天派李孝逸率30万大军前往证讨。是年十一月,破徐敬业军。徐敬业及其部将20余人为其叛将杀害。

宾王的生死却成了千古之谜。相关记载多说他于"混乱中跳水遁逃,不知所终"。后来有人说他在灵隐寺落发为僧,又有人说他隐姓埋名,客死江苏南通。南通狼山有"唐骆宾王墓",似可为证。

宾王一生创作甚丰,可谓数量浩瀚,可惜在扬州起兵败亡后大多散失。武氏死后,鲁人郗云卿奉诏辑集宾王著作,仅得数百篇行世。今存其诗作130余首,文30余篇。清代,义乌乡贤陈熙晋辑有《骆临海集笺注》10卷,为传世佳本。

骆宾王是义乌人的骄傲,廿三里街道丁店村北建有骆宾王衣冠冢。1995年11月,占地面积14万平方米、总建筑面积32万平方米的义乌第二个大型室内批发市场建成投入使用,定名为"宾王市场",市场下临城市主干道宾王路,宾王路跨义乌江的大桥为宾王大桥,市区以"宾王"名字命名的还有宾王中学、宾王小学、宾王幼儿园。近年,义乌市组织力量,收集、编辑、出版了骆宾王诗文集。

二、抗金名将宗泽

宗泽(1059—1128),字汝霖。宋代抗金名将。嘉祐四年(1059年)十二月生于今义乌市板塘村,后迁居宗宅村。

宗泽家境贫寒,世代务农。宗泽父宗舜卿好友、丽水人陈允昌资助宗泽读书,并将女儿许配给他。《宋史·宗泽传》说宗泽"自幼豪爽有大志"。这从宗泽的《赠鸡山陈七四秀才》诗中也可以看得出来:宗泽在诗中,将陈喻为"骏驹""凤雏",说他"高声诵论语,健腕学大书。头头欲第一,气已凌空虚",并祝愿他来日"速腾达"。这样的诗句是宗泽对朋友的称赞,也是他的自况。

元祐六年(1091年),宗泽进京应进士试,对策以直言极陈时弊,考官恶之,将其抑为末等——"赐同进士出身"。

通往仕途的大门已经打开,离开京师,宗泽前往华山游览,其《谒华岳》一诗抒发了他的宏伟抱负:"平生笑穷奇,立语心自惊。我质培塿耳,胸中固峥嵘。谁言华岳高,我山摩玉京。是中所包藏,丹碧参瑰琼……太华屹不摇,我山身载行。"诗中说,他胸中有山,峥嵘高大,直抵苍穹,山中包藏着"丹碧参瑰琼",他走到哪里,就把这"胸山"带到哪里。

元祐八年(1093年),宗泽调任河北馆陶县尉。知府吕惠卿命其与县令巡视河堤,当时,适逢宗泽长子刚刚亡故,然而,宗泽接到命令后立即离家前往,不稍耽搁。吕惠卿了解情况后感叹道:"可谓国而忘家者!"

是年冬,依例调动大量役夫投入治理黄河的工程。天气寒冷,不少役夫冻倒在工地上。宗泽上书建议:"天寒地冻,徒苦民而功效少,延到春季可不扰而办。"他的建议被采纳,老百姓免受冬役之苦。

元符元年(1098年),宗泽调任浙江龙游县令。在这里,他倡建学校,聘教师给学子上课,他自己也兼任老师。崇宁二年(1103年),出任山东胶水县令。当地人温包自恃与州官结亲,横行乡里。宗泽不畏权势,将其依法惩办。政和三年(1113年),调任山东掖县。政和五年(1115年),任登州(治所在今山东牟平)通判。

在掖县时,朝廷曾派员到县派购牛黄数百两,并规定期限,严加追逼。掖县吏民,人心惶恐。宗泽上报云"牛黄出于病牛,非随常之物",表示无法如期交纳。朝廷派来的官员大怒,威胁要以"抗命"论罪。宗泽挺身而出,说:"呈报出于我意,与僚属没有关系。"并再次独具己名上报,陈明原委。这一桩公案最后不了了之。

宣和元年(1119年),宗泽对朝廷联合女真攻契丹之策提出反对意见,被贬官任提举南京(今商丘)鸿庆宫。他上表引退,结庐于东阳山谷中,准备读书著述以终天年,却因昔日在登州任上时依法惩治了道士高延昭而遭其报复诬告,被羁置于镇江。两年后,奉命监理镇江府酒税,宗泽尽心尽力,忠于职守,使酒税收入倍增。宣和六年(1124年),调任巴州(今重庆)通判。

当了不到40年的地方小官,宗泽目睹朝政是非,吏治腐败,百姓疾苦,社会动荡,深感忧虑。在《旧作感怀》一诗中,他写道:"关中黄壤黑壤,大是邦家利源。古者亩收十一,谁兴岁取十千? 不用府无虚月,藏之斯民裕然。"他反对横征暴敛,主张像汉初那样轻徭薄赋("亩收十一"),藏富于民。他愤怒地发问:"岁取十千",这是谁定的规矩?

日月如梭,老之将至。他向往隐居生活,有心埋头做学问,却又放不下国家大事。在《题独乐园》一诗中,他赞美晏子、萧何,说他们是"种药作畦医国手",说他们"浇花成林膏泽大",对他们顶礼膜拜。

靖康元年(1126年),宗泽被召回京师。朝廷任命他为计议使与金议和。宗泽声言:"岂能屈节外庭上辱君命邪?"并表示即使"必死敌手",也要"与之力争"。朝廷见他如此刚烈,恐怕会有碍议和,只得另差使节。

是年九月,宗泽出任磁州(今河北磁县一带)知州。当时太原已经失守,真定(今河北正定县)危急,州县官吏纷纷逃离。宗泽说:"食禄而避难,不可也。"这一年,他已是68岁高龄,仍毅然率随从十余人赴任。到任后,宗泽招集流亡,号召乡勇,加固城防,赶造兵器,做长期坚守的准备。他又捐俸助饷,带动各界争献钱粮。各路义兵迅速云集于磁州。朝廷见民心可用,任命宗泽为河北义兵都总管,率军救真定。金人避开真定,东趋大名,渡河南下,并分兵围攻磁州,以防宗泽攻其后路。金兵至磁州城下,宗泽先以神臂弓挫敌凶焰,然后纵兵进击,杀敌数百人,将所获羊马金帛全部分赏将士。刑部尚书王云随康王赵构赴金议和,途经磁州,宗泽叩马劝止。王云与金素有勾结,被磁州军民愤而击杀,康王乃滞留于相州。是年十一月,钦宗任康王为兵马大元帅,宗泽为副帅。宗泽率军进至李固渡,途中与金军遭遇,大破之。次年正月,宗泽率军至开德(今河南省濮阳),与金兵交战,十三战皆捷,威名远播,民心振奋。宗泽得知张邦昌自立为楚帝的消息,立即回师讨伐,张被迫取消帝号。

徽、钦二帝被金兵掳走后,康王在南京(今商丘)即帝位,是为南宋高宗。宗泽入见,涕泗交流,陈述兴复大计。此时,他有《述怀二首》表达自己的心情:"忧国心如奔马，勤王毛有奇兵。一旦立诛祸乱，千载坐视太平。黄屋肇新巍巍，四方豪杰云来。片言之惧天也，一见而决时哉。"——他希望自己的政见被采纳，除误国奸臣，召天下义勇，扫荡金兵，创千载太平。

高宗原有意留宗泽于京师，为黄潜善、汪伯彦等人所阻。宗泽的政见高宗不能接受，乃将宗泽降级使用，任命为龙图阁学士知襄阳府，又改知青州。适逢开封府尹空缺，宰相李纲进言极力推荐宗泽，说"绥复旧都，非泽不可"，高宗遂改任宗泽为开封知府，留守东京（即开封）。当时，开封已成前线，城防尽废，盗贼横行，人心惶惶，敌骑往来奔驰，金鼓之声相闻。宗泽到任后，立即捕杀贼首数人，下令"为盗者，赃无轻重，并从军法"，使盗贼屏息，民众安居，稳定了局面。

为保家卫国，抵抗金兵入侵，北方义军四起，声势浩大。王善拥众70万人，势力最强，宗泽单骑往见，晓以大义；杨进有兵30万人，王再兴、李贵、王大郎等各有兵数万，宗泽也派人前往联络，争取他们共同抗金。在不到三个月的时间里，使聚集于京城一带的义兵总数达到近200万人。宗泽命其分别把守京郊16县，声威大振，创造出抗金斗争的大好形势。

宗泽爱惜人才。秉义郎岳飞因犯军法将被处斩，宗泽见他是个人才，命其以500骑立功赎罪。岳飞率军大败金兵，宗泽提升他为都统制。在宗泽的呵护、引导下，岳飞迅速成长为名将、元帅、民族英雄。契丹人王策骁勇善谋，国亡无依，被金人利用，经常骚扰宋地。宗泽派军将其擒获，亲自降座抚慰，王策深受感动，表示愿意降宋。

建炎二年（1128年）正月，金人大举入侵，直抵白沙镇，京都人心惊恐。宗泽选精锐数千增援刘衍，命其设伏。元宵节，敌游骑进至城下，刘衍率军出城，与伏兵夹击敌军，金兵大败，溃不成军，尽弃其辎重而逃。自此金人畏惮宗泽，称其"宗爷爷"。

被金兵掳走、囚禁的徽、钦二帝是高宗执政最大的难题：一方面，他必须做出坚决营救二帝的姿态；另一方面，他又绝对不愿意真的将二帝救出来。因为如果是那样，他这个皇帝就当不成了。这其中的奥秘人们心中都有数，宗泽当然不会不明白。然而，自建炎元年（1127年）七月至建炎二年（1128年）六月，宗泽先后上24道奏折，力劝高宗还京（开封），以图恢复。他的这些奏折全部被打入冷宫。

宗泽忧愤成疾，疽发于背，卧床不起。诸将入帐探问，宗泽瞿然跃起，说："吾固无恙。以二帝蒙尘，积愤至此。汝等能歼敌，吾死无恨。"众将流着眼泪，齐声说："敢不尽力！"诸将退出后，宗泽长叹："出师未捷身先死，长使英雄泪满襟！"次日（七月十二日），风雨大作，宗泽连呼"渡河！渡河！渡河！"而逝，终年70岁。

至死，宗泽没有一个字言及家事，所上遗表仍然是劝高宗还都开封。

宗泽去世后，诏赠观文殿学士、通议大夫，赐谥"忠简"，故后人称其为"忠简公"。其遗著有《宗忠简集》6卷。

宗泽的儿子宗颖与岳飞护送宗泽灵柩至镇江，与夫人陈氏合葬于京岘山麓。其墓于1937年重修，墓前石牌坊横匾镌刻"民族之光"四个大字，柱刻"大宋濒危撑一柱，英雄垂死尚三呼"。1984年再次整修，墓前石柱背面联语为"颁表八百年前勋绩永昭明于日月，锡垂万千载后珠玑长炳耀乎乾坤"。

宗泽是义乌人民景仰的大英雄。今义乌主城区有宗泽路，由火车站直通国际商贸城。与宗泽路连接的义乌江桥,被称为"宗泽大桥"。

义乌婺剧有传统剧目《英雄泪》说宗泽故事。

义乌民间流传着许多有关宗泽的故事。一说宗泽曾将家乡的腌猪腿献于高宗,高宗见其肉色鲜红,称其为"火腿",火腿自此得名;又说宗泽从黄河前线回京(临安,即今杭州)述职,家乡百姓送大量猪肉慰问,宗泽命人将粗盐撒在肉上,装船运回前线,虽是暑天长途运输,肉仍鲜美,三军欢呼。有了这样的传说,义乌火腿业人士将宗泽奉为自己的"祖师爷"就有了充足的理由。

三、清官徐侨

徐侨(1160—1237),字崇甫。南宋著名政治家。今义乌佛堂镇桥西村人。

少时师从吕东莱门人叶邦。淳熙十四年(1187年)中进士,授上饶主簿,师事理学家朱熹。朱熹称其为"明白刚直士",为他的书房起名"毅斋"。后任绍兴、南康司法。开禧二年(1206年),晋京候选。当时,以丞相史弥远为首的主和派主张与金人议和。徐侨上书力陈议和之害,提出退敌之策,未被采纳。授严州推官。嘉定七年(1214年)后,历任刑工部架阁文字、秘书省正字,兼吴王、益王府教授。后自请外知和州。嘉定十年(1217年),改任安庆知府。

在安庆,徐侨抚恤百姓,精练军卒,准备御敌。不久,金兵逼近,僚属恐慌,准备将妻子儿女送到江对岸避难。徐侨严加制止,要求官员们及其家眷与军民百姓一起,共同死守。敌军见安庆有备,守军万众一心,遂不敢侵犯。

次年,任提举江南东路常平茶盐公事。他命州县官开常平仓,赈济安徽一带流散金陵的难民,数以万计的难民因此得救。

见丞相史弥远结党营私、权势日盛,徐侨上书痛陈时弊:当今治民者都是贪官污吏,统兵者莫非败坏之将。奸臣专政,庙堂已经成为交易之地、蛀虫聚集之所。他请求皇帝下诏,明确要求大臣们必须先正己然后正人,必须以忧家之心忧国,认为只有这样,才能在危难之中求得平安,在乱世中求治。

这一番议论触怒了史弥远,徐侨被罢去官职。

徐侨启程回归故里之日,众多军民沿途设香案拜送。

绍定六年(1233年),史弥远死后,朝廷收用老成之臣,两次委徐侨以重任,徐侨均坚辞不就。

次年,徐侨入朝觐见,穿着旧衣破鞋来到朝堂之上。皇帝惊讶地问:"你怎么穷到了这个地步?"徐侨回答:"我倒不穷。真正贫穷的是陛下您呐。陛下的疆域一天小于一天,治理国家的法度没有建立起来。近臣专权,将帅无材,盗贼蜂起,社会动荡。旱灾、蝗灾交替而至,政府开支无度,府库空虚。民为横征暴敛所苦,军士因被克扣而愤恨。群臣互相勾结,天子孤立,国家已经到了非常危险的地步,陛下您还不穷吗?您还没觉察到吗?"

皇帝听了为之动容,任徐侨兼侍讲之职,后又命其兼国子监祭酒、国史院编修、实录院检讨官。

一次，金使至京。徐侨见其未带国书，不具备正使资格，主张将其住处安排在馆驿之外。因此与宰相不合。徐侨请求辞归，皇帝执意挽留，先后任其为工部侍郎、集英殿修撰、提举佑神观兼侍读，徐侨仍力辞不就。

徐侨潜心研读理学，所著甚丰，有《读易记》3卷，《续史纪咏》《杂说》各1卷，《文集》10卷等。

四、医学大师朱震亨

朱震亨（1281—1358），字彦修，金元四大医家之一。义乌赤岸（今赤岸镇）人。因其居所临近丹溪，时人尊称其为"丹溪翁"，后人则称其为朱丹溪、丹溪先生。

朱震亨聪敏过人，读书务求理解精义。青少年时代，他曾两次参加乡试，均未中举。后因父亲去世，家庭的重担落在了他的肩头，母亲又身患脾病，久治不愈，他断了读书做官的念头，开始自学医术，决心治好母亲的病。他一边自学，一边向曾伯祖父请教。他的曾伯祖父是当地名医，对他悉心指点。经过一段时间的努力，朱震亨治愈了母亲的病。消息传开后，上门求医的人越来越多。36岁时，朱震亨前往东阳八华山，拜在名师许文懿（朱熹的四传弟子）门下学习程朱理学，前后五年。其间，某次外出，见有刑车拉父女二人前往刑场处决。问其故，方知是一桩冤案：民女戚姑上山打柴，遭到恶少调戏，戚姑躲避，恶少失足，坠崖身亡，恶少之父勾结县官，竟判戚姑死罪。戚姑的父亲喊冤，也被判死罪。朱震亨上前与县官说理，救下了戚姑父女。许文懿为此更加器重他。

朱震亨40岁时，他的妻子病故。联想到父亲、小弟和众多乡亲都死于疾病，老师许文懿也已瘫痪卧床多年，他决心学医。他曾到江浙各地寻访名师，听说杭州罗知悌集众家之长，是当世声望最高的医学大师，便前往罗知悌门下求教。罗知悌因愤世嫉俗，性情有些孤僻，朱震亨十次求见均遭拒绝。朱震亨心愈诚、志愈坚，每日拱手立于罗家门前，风雨无阻，坚持数月。罗深感其诚，亲自出门将他迎入，收为门徒，命他随自己开诊，将毕生的经验和心得传授给他。

朱震亨跟从罗知悌学医，在医疗实践中辨析得失，并博览群书，总结经验。罗知悌教导他：不要死记硬搬古方，要注意发现并纠正古医理论和古方中的不足和错误（"尽去旧学非是也"）。罗知悌为朱震亨学医、从医和创新、发展医术、医学理论指出了一条正确的路。

四年多以后，朱震亨重回八华山，为许文懿治腿。他判断老师虽瘫痪多年，但其病根在肠胃而不在腿，乃买黄牡牛肉20斤（其中有一部分肥肉，1斤＝0.5千克），取长流水煮烂，滤去其渣，将汁水入锅熬至琥珀色，让许文懿一次一盅，分数十次服下，并安排其在一间不透风的屋子里休息。待许感觉饥饿的时候，让他喝粥。此后，保持清淡饮食半个月。经过这一番治疗，许文懿的身体完全康复，次年还喜得一子。

当时治病，盛行陈师义、裴宗元所定的大观297方。朱震亨认为："用药如持衡，随物之轻重而为前却（即进退之意——笔者注）。"他主张古方要在医疗实践中验证，不能脱离病人、病情的实际而照搬照抄；他还批评《太平惠民和剂局方》中的药偏于温燥，并著《局方发挥》详加陈述。他治病用药,重养阴补血,滋阴降火,同时又不把"阴虚"作为推断一切疾病的根源,而是综合考虑寒、热、虚、实,辨证施治,对症下药,故能做到药到病除,屡见神效。

朱震亨不仅医术高明,而且医德高尚。凡上门求医者,他总是立即前往,即使雨雪交加,百里之外,他也从不拒绝。听到贫困无告者患病的消息,他会不请自去,并乐于施赠药物。

一次,在路上,他遇见一队出殡的人,这群人过去之后,他发现地上留有新鲜血迹,断定棺木中人没死,急忙追赶上去,问明棺木中抬的是一位难产的产妇。他劝说众人将棺木打开,救活了那位产妇和她腹中的孩子。

东阳镇一位铁匠的妻子病了,没钱就医。朱震亨奔走数十里,敲开铁匠家的门,为他的妻子看病,然后留下药物,并嘱咐他:药用完以后到赤岸镇找朱震亨拿,分文不取。

狂风暴雨中,有人敲开朱震亨家的门,说家中两岁的孩子突然满头生疮,昨天,满头的疮突然又消失不见,孩子却气喘、有痰,呼吸困难,气息微弱了。朱震亨听罢,连说:"快走!快走!"撑着伞冲入雨中。赶到病人家中时,他已是满身水、满身泥。对孩子进行初诊后,他又问孩子的母亲在怀孕时喜欢吃什么,得知这位母亲非常喜欢吃"辛辣热物",他断定孩子的病是"胎毒"所致,于是对症下药,孩子得救。

朱震亨不信鬼神。一次,县丞请他为首立庙祭山神,他说:何必去向泥巴偶像献媚?

他热心公益。元至正四年(1344年),赤岸村西北的蜀墅塘大堤损坏,水塘干涸,千顷田禾受旱。他"倡民兴筑";10年后,堤又坏,他就叫自己的侄子领头再修。

他与人为善、劝人为善,为他人排忧解难,为人所敬仰。

朱震亨将北方名医刘完素、李东垣、张子和三家之说介绍到江南,推动了南北医学的交流;他不唯书本,不唯古方,坚持因人、因时、因地用医用药。他阐发中医传统的"相火"和"阴常不足,阳常有余"理论,认为"阴"难成易耗,主张以"茹淡""节欲""主之以静"等为摄养精气之要,创立了著名的滋阴学说,成为中医学上养阴派的代表人物。

凭借高明的医术和重大的医学理论贡献,朱震亨在中医学界赢得了崇高的地位,与刘完素、张从正、李杲一起,被后人誉为"金元四大医家"。

朱震亨的著述有《格致余论》《伤寒论辨》《外科精要发挥》《本草衍义补遗》《金匮钩玄》《素问纠略》《局方发挥》《丹溪心法》等。《丹溪心法》一书共记载 1 037 方,被誉为医治疑难杂症的"锦囊妙法"。

中国传统文化历来不仅把食物当作人体营养的来源,而且将其视为医疗保健品。朱震亨传承并弘扬了祖国传统的"医食同源"文化,他的医学实践和医学理论对后世和世界产生了深远而又广泛的影响。在日本,汉医学界就设立有"丹溪学社"的学术组织。

红曲是食、药两用产品,有益于人体健康。红曲可以酿酒,其酒为红色,我国汉、唐时就有饮用红酒的记载。义乌人素有酿制红酒饮用的传统。五代时,赤岸村民酿制的红酒成为贡品;宋代,赤岸红酒远销河南,在都城开封一带享有极高的声誉。据《义乌县志》记载,当时赤岸一带酿制红酒的作坊达到 20 余家。朱震亨将红曲、红酒和红曲酿制的醋作为医药使用，并将其药用功效和酿制方法写入他的《本草衍义补遗》和《野客丛书》等著作中，使民间创造的红曲、红酒得到升华。在《本草衍义补遗》中，朱震亨将红曲称为"神曲"，说："神曲：性温，入胃……入大肠，俱消食积。红曲活血消食，健脾暖胃，治赤白痢，下水谷，陈久者良。"对于红酒的饮用方法，他也深入研究，指出"醇酒宜冷饮"。明代大医学家李时珍将朱震亨在《本草衍义补遗》中关于红曲和红酒的论述收录到其医药学巨著《本草纲目》中，并说："红曲……亦奇术也……主治：消食活血、健脾燥胃，治赤白痢下水谷。震亨酿酒，破血行药势。"当代著名英籍科学家李约瑟在其《中国科学技术史》中，对红曲、红曲酒也给予了高度关注。

近几十年来，我国相关部门将红曲酿制的红酒划归黄酒类，市场上"红酒"的位置遂为葡萄酒所独占。义乌市丹溪酒业有限公司深入挖掘，开发出丹溪酒、红曲、红醋、红曲馒头、红曲米饭等系列产品，其丹溪红酒于2017年进入人民大会堂，与茅台、五粮液等"国酒"并立，一举恢复了中国红酒的地位（图3-1、图3-2）。

图 3-1　义乌市丹溪酒业有限公司酿制红酒的发酵缸　　图 3-2　丹溪墓园"一代医宗"碑亭

今义乌市东朱村北墩头有朱丹溪墓。该墓初建于元至正十八年（1358年），屡经兴废，近年修整一新，规模扩大，开发为集纪念、养生、游览观光等多功能于一体的新型园林。

五、"河神"朱之锡

朱之锡（1623—1666），字孟九，号梅麓。义乌赤岸镇陇头朱村人。

朱之锡14岁中秀才。清顺治二年（1645年）到北京应试，次年中进士，由庶吉士授宏文院编修，时年24岁。

朱之锡办事勤谨，顺治帝称赞他说："朱之锡气度端醇，才品勤敏。"顺治御览诸书，常由其先加点校。

顺治十二年（1655年）春，朱之锡迁少詹事兼国史院侍讲学士。冬，升詹事府詹事兼秘书院侍读学士，奉旨纂修《资治通鉴》。顺治十三年（1656年）夏，转任弘文院学士，加一级，掌管官员向皇帝奏事的奏章函牍和圣旨的起草。后升迁为吏部侍郎。曾奉命清理刑狱,他公正廉明,平反了许多冤案、错案。

顺治十四年(1657年),升任兵部尚书兼都察院右副都御史,总督河道,兼理军务。

当时,黄河决口夺淮,运河中段淤塞,河道极不稳定,在清口一带形成黄河、淮河、运河交汇的局面,加之夏旱秋涝,漕运受阻,导致清政府税粮短缺、财政窘迫,沿河百姓流离失所,清政府统治的根基为之动摇。

朱之锡驻节济宁,担负起统一治理黄河、淮河、运河的重任。他治河总体上采用了明代治河专家潘季驯的理论,但他并不墨守成规,而是深入调查研究,梳理问题,精心筹划,采取符合实际情况、治标又治本的举措:挖董口新河、复太行老堤、挑浚清口至高邮运道、治石香楼决口。特别值得一提的是,顺治十八年(1661年)冬,清江至高邮300里间因水患,河道几成平地。朱之锡召集民夫彻底清淤疏浚。他奏请朝廷发给民夫粮食以作为报酬,虽工程浩大,但因报酬稳定,劳工不缺;鉴于运河在水灾或干旱时都无法通航船只的实际情况,他奏请朝廷修建了南起台儿庄、北至临清的多处调节水流的闸门,并严格控制船只运载的重量和开启、关闭水闸的时间,使运河终年可以通航。

朱之锡合理调度夫役,缜密安排工程、钱粮,督促各地官员忠于职守,对诸事的兴革损益皆商榷至当。他曾在一份奏折中说到自己治河的总体思路:河流异常多变,治理工程纷繁复杂,工程浩大,天气异常,不是水患就是旱灾,必须提前准备,防止灾害的发生;灾害发生后必须及时治理。

10年治河期间,朱之锡先后上条陈数十疏,都获批准并行之有效。

治河须治官。顺治十六年(1659年),朱之锡在一份奏折中指出:河南治理河道中,强占夫役、卖富金贫、发洪水财等私弊百出,应当严责司、道、府、厅各级查报,凡是发现官吏徇私舞弊隐瞒不报的,以渎职罪从严论处。各地在黄河汛期守更的水夫,如果发现阴雨天气不赴堤日夜值班的,扣除工食直至开除,并责令管河厅、道严加核查,及时撤换。各地河道官员的升调降用一律要等到下一任官员到任时方可离任且河道官员不得身兼他职。每年年末对官员的任职情况要予以考核,考核通过者予以奖励。

朱之锡领导治河,忠于职守,备极辛劳:他驰驱南北,巡视督导,暑天不张伞盖,冬天不穿皮袍,夜间宿在野庙,或者在野外坐等天明,病了也不告假,照样坚守在大河上下。

对民工夫役,朱之锡殷勤体恤。济州处于河运要冲,经常要动员船民纤夫数以万计。施工、运输过程中,民工因苦累而倒下的事时有发生。朱之锡奏请革除陋规,立碑于道,严禁官吏苛待民工,使民众困苦得到缓解。

康熙元年(1662年),朱之锡任期已满,因功绩卓著,康熙任命他为资政大夫,继任河道总督。

朱之锡清正廉洁,康熙元年(1662年),鲁、皖、苏一带饥荒,他捐俸银,首创赈济,使众多灾民得以保全性命。他严禁下属贪污,治河11年,工程项目数不胜数,在他的严格管理下,河库存银却由10万两增至46万余两。他将自己按规定应得的"羡余"5万两也全部解交国库。他死后,"家无余财",故里仍是祖遗的三间泥墙平房。

在治河期间,朱之锡兼任巡按,他秉公办案,解决了数千件冤案。

朱之锡爱惜人才,礼贤下士。史学家海宁人谈迁,历27年时间写成《国榷》一书,其书稿却于顺治四年(1647年)被窃。谈迁发愤重写,但生活困难,又缺乏与相关方面交流的机会。顺治十年(1653年),朱之锡聘谈迁至京居住,供其膳宿,使其不愁衣食,并得以广为交流,搜集遗闻,顺利地订正并写完了《国榷》这部明史巨著。

康熙五年(1666年)二月廿二,朱之锡因感受风寒、劳瘁过度逝世于任所,时年仅44岁。

作为顺治、康熙两朝治河重臣,朱之锡尽心尽职、鞠躬尽瘁,他采取宽立堤防、慎挑引河、完善水闸、加强寻工、建设柳园等一系列措施,取得了良好的效果,保障了黄河、运河两河的畅通;他整顿河官,加强对官员的选拔、管理、考核与监督;他清理河工弊政,加强对工料、夫役的管理,使清代河政逐渐走上正轨。在他所任职河道总督的近10年内,没有发生过大的水患,百姓得以安居乐业、发展生产,清朝的社会经济在一定程度上有所恢复。

作为治水专家,朱之锡为中国古代水利事业做出了突出的贡献,他秉持"治水兴农"理念,其治河理论、成就,对后世治河产生了深远的影响,当时徐州、兖州、扬州、淮河一带群众称颂他的惠政,奉他为"河神"。

康熙十年(1671年),在朱之锡去世五年后,总督河道、提督军务、兵部左侍郎兼都察院右副都御史罗宪根据济宁州申报的朱之锡的业绩,以"前任河道总督朱之锡,政绩显著,治理河政鞠躬尽瘁。百姓对其爱戴有加"之由上书康熙帝,请恩准朱之锡以"资政大夫、总督河道、提督军务、太子少保、兵部尚书兼都察院右副都御史朱之锡"之名入祀济宁州的报功祠中。

雍正元年(1723年),雍正帝下旨在河南武陟建造"淮黄诸河龙王庙"(后改为"嘉应观"),庙成,敕封朱之锡为"河神、朱大王",为"四大王"之一,在大王殿立了其塑像,每年春秋两季进行御祭;乾隆四十五年(1780年),乾隆南下巡视河工,看到河运畅通,百姓安居乐业,追封朱之锡为"助顺永宁侯";光绪三十三年(1907年)二月,光绪帝在朱之锡家乡义乌建立专祠祭祀,并亲赐匾额。

河南省有两处大王庙至今供奉着朱之锡的塑像。一处是安阳市道口镇大王庙,该庙始建于明代,为河南省级文物保护单位,庙中供奉着中国历史上五位治水先贤,分别为战国的李冰,南宋的谢绪,明代的黄守才、张居正,清代的朱之锡;另一处是荥阳市汜水镇大王庙,该庙修建于乾隆二十五年(1760年),庙中供奉着南宋的谢绪、清代的朱之锡、明代的黄守才三尊治河功臣像。

朱之锡生前著有《河防疏略》一书,共20卷。

第二节　义乌兵和敲糖帮

义乌兵和敲糖帮是两个由义乌人(主要是由义乌农民)组成的特殊群体,其活动空间远远超越了义乌的地域范围,走出了浙江,走出了国门。在历史上留下了深刻的印记和深远的影响。

一、义乌兵

义乌兵是一支由义乌农民组成的军队,它在明代中后期的抗倭战争中横空出世,以英勇善战、百战百胜著称于天下。作为明军中最能战斗的一支铁军,义乌兵为夺取抗倭战争的胜利立下了头功;作为一支地域特色十分鲜明的军队,义乌兵在明代军事舞台上叱咤风云60余年,先后经历了抗倭战争、长城戍守、抗日援朝和抗击清兵等保卫祖国的重大事件,建立了不朽的功勋,将义乌文化中的爱国主义精神推向了一个新的高峰。

1. 抗倭铁军

倭寇之患,始于明初而尤以嘉靖朝为烈,浙江、福建等东南沿海地区是倭患的重灾区。

自明洪武二年(1369年)起,倭寇就不断侵扰我国东南沿海,他们来自海上,入侵苏州、崇明等地,杀掳人民、劫夺财物、烧毁村庄、攻打城池,警报频频,朝野为之震动。为御倭患,明政府加强了海防建设,洪武年间,筑卫所59处,设戍卒58000余人,东南沿海稍得安宁。至嘉靖年间,皇帝朱厚熜20多年不上朝,不理政事,严嵩专权,朝政黑暗,海防不修,军队腐败,倭寇趁机作乱,步步深入,杀人放火,无所不为,东南沿海人民深受其害。浙江巡抚胡宗宪曾借客兵御寇,然而借来的军队"望贼奔溃,闻风破胆"[①],反使倭寇气焰更为嚣张。

嘉靖三十四年(1555年),戚继光由山东调至浙江,任都司金事,次年升宁绍台参将。在经历了与倭寇的初战后,他深刻认识到没有一支英勇善战的部队是不可能荡平倭寇的。嘉靖三十五年(1556年)十一月,他上书朝廷,提出招兵、练兵的建议。然而,在何处招兵却并不是一件简单的事情。

戚继光在浙江也曾带领过从其他地方招募来的士兵与倭寇作战,其表现让他很是失望。义乌发生的一起护矿事件引起了他的关注——嘉靖三十七年(1558年),外地一些人垂涎义乌的一处矿山,煽动、聚集3000余人,占据矿山,竖立栅寨,以图霸占。义乌知县赵大河遍发告示,动员全县讨伐。陈大成等人杀牛置酒,召集3000余名乡民,猛冲敌阵,杀其首领,生擒300余人,取得完胜。义乌人的勇武和团结精神让戚继光深受鼓舞,他决心到义乌招募新兵,训练一支新军。

《明书》卷一百四十一记载:(戚继光)"上练兵议,其略曰:……闻义乌人其气敢忾,其习骠而自轻,其俗力本无他,宜可鼓舞,及今简练训习,一旅可当三军"。

嘉靖三十八年(1559年)九月,戚继光赴义乌招募。知县赵大河鼎力相助,义乌子弟踊跃报名,陈大成、王如龙各率乡间子弟从军,一时间义士云集,很快就招募到了4000人,组成一支新军。赵大河受命担任监军。

戚继光建军、练兵,主要抓三件事:一为晓以大义、振奋精神——戚继光和赵大河都十分重视对士兵进行思想教育,强调"练心,则气自壮""练胆气,乃练之本也";二为视同手足、严明纪律;三为加强军事训练,提高战力。

戚继光总结与倭寇作战的经验,针对我方士兵和倭寇的特点,创立了著名的鸳鸯阵法。鸳鸯阵法中十分重要的兵器狼筅,也是他的发明。

　　狼筅,也称"狼牙筅"。戚继光在其《纪效新书·比较武艺赏罚篇》中,对其制作方法做过介绍:"狼筅用大毛竹上截,连旁附枝节,视之粗可二尺,长一丈五六尺,利刃在顶,长一尺。"就是说,制作狼筅,要用大毛竹的上半截,主干要达到约二尺粗、总长约一丈五六尺,将竹端和竹枝斜削成尖状,在主枝顶端装上一尺长的利刃。展开的分枝在用火处理后,要形成交错的狼牙状,再用桐油浸泡,敷上毒药。

　　每支狼筅总长3—5米,与刀、长枪等常规冷兵器相比,算得上是庞然大物。由于它又长又重,所以必须由身高力大的士兵使用。

　　在作战中,狼筅主要有拦、拿、挑、掘、架、叉、钩、挂、缠、铲、镗等使用技法。

　　当时,倭寇使用的兵器主要是重箭、长枪和倭刀。倭寇作战习惯于蜂拥而上,持倭刀近身肉搏,其倭刀锋利,与明军常规兵器相搏时占有优势。浙闽沿海一区多丘陵沼泽,道路崎岖,大部队不易展开,明军习用的传统阵法受到很大限制。戚继光考虑到义乌兵刚刚组建,士卒缺乏实战经验,各自为战地与敌搏杀难免胆怯。他发明狼筅,就是为了以一种先进武器来对付倭寇。

　　在其《练兵实纪》中,戚继光指出:明军武器粗陋,所用之刀,是模仿突厥等游牧民族的刀制作的,其质量远不及倭刀,常常是"杀敌三千,自损八百"。戚继光创设鸳鸯阵法、发明狼筅的目的,就是要做到"杀人三千,我不损一"。

　　戚继光的"鸳鸯阵",以12人为一队,纵列,最前1人为队长,次2人持藤牌(长、圆各1个),次2人持狼筅,次4人持长枪,次2人持短兵器(叉、钯、棍、刀等),最后1人为火兵(持火铳)(图3-3、图3-4)。

图3-3　戚家军鸳鸯阵图

图3-4　位于义乌赤岸镇的戚家军纪念馆

　　戚继光因人施教,让不同年龄、体格的士兵使用不同的兵器:让少壮便捷者使藤牌(盾),让健大雄伟者使狼筅、长牌,让精敏有杀气者使长枪、使刀。与敌交战时,"二牌平列,狼筅各覆一牌,长枪每二支,各分管一牌一筅。短兵防长枪进老,即便杀上。筅以用牌,枪以救筅,短兵救长枪"[2]。藤牌可防重矢、长枪,藤牌手还配备标枪两支、腰刀一把,远掷近砍。狼筅枝梢展开面大,既是前冲敌阵的重武器,又可遮蔽本队。长枪比倭刀长,可以先发制人,并能够与短兵器长短相卫,密切配合。狼筅作为前列,用来对付倭寇的马队,尤其得力:以狼筅挡住对方骑兵的冲击,藤牌兵就可以上前砍对方马足,长枪手则可以从狼筅分枝的空隙间伸出枪戳敌人面部。在鸳鸯阵中,火兵处于最后的位置,在全队的保护下,他可以从容装药、装弹,对敌射击,充分发挥其优势。

鸳鸯阵注重专业分工、密切配合、协同作战。在鸳鸯阵中,12名士兵和他们手中兵器的优势和效能都能得到充分发挥,实现了部队作战能力最大化。

12人组成的一个小队是鸳鸯阵的基本作战单位。根据不同的地形、敌情,这样的小队可以灵活地横向展开或纵向排列,堪称"万能阵法"。

戚继光以"鸳鸯阵"法教授义乌兵。经过严格的"练手、练足、练心"训练,来自乡村的义乌兵很快成长为能够与战友紧密团结、互相配合的优秀战士,他们爱民守纪,抱定为国杀敌的决心,义无反顾地投入战斗。

1561年5月10日,大批倭寇窜入台州花街一带骚扰抢掠。义乌兵在戚继光的指挥下,首次排出"鸳鸯阵"法,先以鸟铳、弓、弩、火箭制敌,继而奋勇冲杀,大败倭寇,斩倭308人,缴获兵器650件,解救被掳男女5 000余人。首战大捷,义乌兵军威大振。随后,义乌兵又在白水洋三战三捷,歼倭344人,擒倭首5人,缴获兵器1 490件,解救被俘男女千余人。这一个月,除上述两次大捷之外,义乌兵还取得了陆战七捷,水战五捷,共斩倭717人,沉倭舟10余艘,夺获贼舟21艘、兵器3 200件,救被俘男女3 000余人,焚溺倭贼3 000余人的一系列胜利,台州这一倭患的重灾区从此恢复安宁。台州大捷,扭转了抗倭战争的被动局面,义乌兵声名远播,被誉为"台州长城""东浙保障"。

台州平定后,戚家军挥师南下,嘉靖四十一年(1562年)四月,在温州、温岭、水涨、新河等地,对倭寇实施水陆夹击,歼敌殆尽,清除了浙江全境的倭患。继而,戚家军又进军福建、广东,或独立作战,或与友军配合,先后取得横屿、牛田、林墩、平海卫、仙游等大捷。

至嘉靖四十三年(1564年),为患近200年的东南倭患彻底平息。

自戚继光1559年秋到义乌招兵、义乌兵组建,到1564年彻底扫除倭寇,前后不过5年时间。以5年时间解除了此前近200年未能解除的倭寇之患,戚继光和义乌兵的美名传遍天下。

2. 戍守长城

明隆庆二年(1568年),戚继光奉调赴北方守卫边防,任蓟州镇总兵,负责京师北部蓟州、昌平、保定三镇长城边防。为了加强防守力量,戚继光多次上书,请求调义乌兵到长城戍守。戚继光调义乌兵到长城的另一个原因,是他要树立起一个"样板"——军队的样板、士兵的样板(戚继光称之为"兵样")。

奉调至长城的第一批义乌兵(火枪手)大约为3 000人,此后又多次调动。史家统计,义乌兵赴长城边防的总数在8 000—10 000人。

原来戍守长城的都是北方士兵,称"北兵"。义乌兵是"南兵"的主力和代表。第一批3 000名义乌兵到达长城脚下,列队等待戚继光检阅,北兵都来看新鲜。突然天降大雨,北兵急忙躲避,而义乌兵肃立不动,队伍严整,一直站立在大雨中,直到戚继光到来。

戚继光镇守长城 16 年,多次击溃外敌侵扰。我守军战无不胜,边关巩固,使外敌无隙可乘,只得先后与明廷议和。由此,北方边关获得了相当长时间的安定。戚继光和义乌兵威名更盛。

除与敌作战、日常戍守之外,义乌兵还参加了长城的修筑工程。据史料记载,义乌兵至少参加了三处长城的修筑:山海关的老龙头长城、北京金山岭长城和河北抚宁的董家口长城。这三处长城承担着拱卫京师的重任,是至今保存最为完好的蓟镇长城段。

山海关长城老龙头段有一段入海长城,为义乌兵所修。据《老龙头大事记》载:"万历七年(1579 年)都督戚继光指令参将吴惟忠筑老龙头入海石城七丈。"吴惟忠,义乌人,戚家军中的义乌名将,在浙、闽、粤抗倭战争中,身经百战,屡立战功,于隆庆二年(1568 年)随戚继光奉调至北方。自古以来,长城在到达老龙头海边后止步,此处即成为长城防御的薄弱环节。在当时的技术条件下,修筑入海长城是件异常困难的事。义乌兵不畏艰难,在戚继光的指导下,吴惟忠经过实地勘察,与经验丰富的义乌兵将士们反复研究,大胆创新,制定了修筑方案,突破一道又一道难关,建造了万里长城中唯一的一段入海长城。这段长城,至今犹存。长城在崇山峻岭间腾跃而来,到此处冲入大海,那巍巍城楼犹如蛟龙高高昂起的龙头。

吴惟忠修长城有功,隆庆五年(1571 年)升标下右营游击将军,万历四年(1576 年)升山海关参将。

董家口位于河北省抚宁县驻操营镇东北部,距秦皇岛市区 38 千米。董家口长城是明初在原北齐长城的基础上重修的,是蓟镇长城的重要关塞之一,全长 8.9 千米,最高处海拔 556 米,沿线筑有敌台 36 座、战台 28 座、烽火台 16 座,还筑有董家口、大毛山、破城子 3 座城堡。工程浩大,气势磅礴,当年修筑的艰辛可以想见。

金山岭距北京城 130 千米。这一段长城在嘉靖年间曾经进行过整修,但是有墙无台,低薄的墙体已大多倾圮。隆庆三年(1569 年)起,义乌兵开始了艰巨的筑台、修墙工程,他们发挥自己的聪明才智,因地制宜,巧妙设计,精心施工,极大地提高了这一段长城的防御能力。

从义乌到山海关,千里迢迢奔赴北方长城戍边卫国的,不仅有义乌的热血男儿,也有义乌妇女。明制允许戍守长城的士兵带家属,许多义乌女人便来到边关,与丈夫一起守长城、修筑长城。抚宁县董家口长城的孙家楼、耿家楼、王家楼三座敌楼,多处条石上雕刻了狮子绣球、木马兰花、紫荆花、祥云彩带等具有浓浓江南韵味和女性色彩的花纹图案,耿家楼下层券门条石上正刻了一盆盛开的菊花,菊花两侧各有一只蜻蜓翩飞,周围饰以祥云彩带。人们猜想,这些石刻应该是出于那些义乌女人之手。她们把自己对于美好生活的憧憬雕刻在万里长城上,为雄伟长城增添了一抹春意、一股暖暖的柔情。

长城的敌楼成了义乌女人的家。她们和丈夫住在敌楼上,吃在敌楼上,守在敌楼上,风雪严寒、敌骑侵犯都未能使她们后退半步。

相传一个叫王月英的义乌女人随丈夫守卫长城。一天夜晚,敌人来袭,其夫发现后奔向烽火台举火报警,却因风大雨急,引火物受潮,一时未能点燃,敌人放箭将其射杀。妻子王月英急中生智,脱下身上的干衣服引燃了烽火。援军赶到杀退敌军。王月英报警有功,戚继光颁令重赏。王月英坚辞不受,只求继承丈夫遗志,留在关上守卫长城。后来,人们就将她驻守的那一座敌楼称作"媳妇楼"。

《抚宁县志》至今记载有自明代传下来的一首民歌,讲述"媳妇楼"的故事:"千里寻夫到塞上,恰逢逆胡动干戈。丈夫报警身殉难,新妇大义举烽火。继承夫志守戍楼,寸心拳拳报忠国。朝挽强弓暮事炊,万里边塞增春色。"

数千义乌兵及其家属长年戍守长城,生息繁衍,在长城脚下形成了若干个由义乌兵后裔组成的"义乌村"。村民们以长城为祖业,以守护长城为己任,世代传承。血浓于水,故乡义乌关怀这些远在北方的孩子,市委、市政府多次派人前去看望、慰问,长城脚下的义乌兵后裔也不断有人回到义乌寻找根脉。

3. 抗日援朝

明万历二十年(1592年)四月,倭寇以15万大军进攻朝鲜,攻占平壤。朝鲜王向明朝廷求救。万历皇帝以兵部右侍郎宋应昌为经略都督、李如松为提督,率兵43 500人援朝。

据《朝鲜王朝实录》记载:浙兵游击将军指挥使吴惟忠领步兵3 000名参加了此次抗日援朝战争。明军于十二月二十五日过鸭绿江,次年(1593年)正月初六进抵平壤城下,并将其包围。

是夜,占据城北牡丹峰的倭寇前来偷营,吴惟忠驻地偃旗息鼓,似乎毫无防备。倭寇自以为得计,冲入营中。突然火箭升空,光亮如昼,吴惟忠率军杀将过来,敌人偷袭失败,只得逃入城中。

初八,明军攻城。敌军万箭齐发,火炮轰鸣。提督李如松大叫:"先登城者,赏银三百两。"吴惟忠靠前指挥所部义乌兵攻城,胸部被敌铁丸击中,仍强忍剧痛,坚持指挥作战。此役,义乌兵率先登城,突破敌防御阵地,立下头功。

平壤之战,日军损失15 000人,不得不退军议和。明军夺回平壤,救出被掳朝鲜男女1 225名,缴获马2 985匹。

平壤之战,吴惟忠所部义乌兵英勇冲杀,损失也相当惨重,一千总牺牲。参加作战的明朝和朝鲜的将领们都注意到,牺牲的义乌兵大多倒在了平壤城下敌人所筑之防御土墙前。

平壤战役之后,义乌兵又在蔚山之战中,以3 000人歼灭日军5 000余人。

抗日援朝战争,前后持续八年,明朝和朝鲜军队最终收复了朝鲜全境。八年中,计有40余名义乌籍把总以上的武官赴朝作战,其中,吴惟忠、王必迪、叶邦荣、陈良玑、陈蚕、叶思忠、胡大受等人,均为1559年戚继光第一次到义乌招兵时入伍的忠义之士。他们跟随戚继光南征北战,功勋卓著,吴惟忠入朝抗日时,已是60多岁的高龄,朝鲜王尊敬这位名将,在他回国时送了他许多礼物。

4. 抗击清兵

义乌兵英勇善战,全国各地纷纷到义乌招兵,浙江各地当然是"近水楼台先得月"。日积月累,义乌籍士兵在"南兵"、浙兵中所占比重越来越高。有人估计,在浙兵中,义乌籍士兵的比重应在4—5成之间。戚家军则是一支由义乌兵组成的劲旅,是明军的王牌。

明万历四十六年(1618年)，"建州女真"首领努尔哈赤率大军侵明，焚烧抚顺城、抢掠人畜物资后离去。次年，明、清两军在萨尔浒展开激战，此役以明军失败告终。在这次大战中，以义乌籍士兵为骨干的浙兵4 000余人，戮力死战，发挥自己善于使用火器的特长，予敌以重大杀伤，最后全部壮烈牺牲。

天启元年(1621年)三月，努尔哈赤趁明朝皇权交替之机，起兵攻打沈阳，明军仓促应战。在浑河战斗中，3 000名浙兵在后无援军、陷于敌军重重包围的危局中，奋勇战斗，火药用尽，转入短兵相接的肉搏战，最后全部牺牲。此战，浙兵与川军共打死敌将9员，歼灭敌军1万余人。

据统计，自戚继光组建义乌兵始，在平定倭患、戍守长城及抗日援朝的军事斗争中，义乌兵因战功累计升任千总、游击将军、参将、总兵、省都指挥使等官职者多达170余人，义乌是明代出武将最多的县份。同时，义乌也成为当时全国重要的兵员来源地，仅戚继光第二次到义乌招兵，就有1万余名义乌子弟加入了戚家军的队伍。

战争是残酷的，数十年中，义乌兵为国捐躯者不下5万人，义乌人口为之锐减。然而，义乌人的爱国主义精神更加强烈，"天下兴亡，匹夫有责"成为义乌人的信条，义乌民间的尚武之风代代相传。

二、敲糖帮

敲糖帮是义乌农民商人组成的农村商人群体。

敲糖帮与义乌兵之间存在着血缘关系。

我国农民有在农闲时经商的传统，义乌农民也不例外。义乌人多地少，经商收入是义乌农民重要的生活来源。以前，农民经商都是分散的、零星的个人行为，明清之交，这种情况发生了变化。

明末清初，许多退伍义乌兵返回家园。他们在从军期间增长了见识、增强了胆气，他们走南闯北，掌握了大量地理资讯、商业信息，也建立了一些人脉，这些都成为他们经商的优势。他们把军队的组织形式带回了家乡，在义乌的农民商人群体中，逐渐建立起具有宝塔式特点的兼具宗族性、行业性和互助性的类似于行会、行帮的组织形式，设有老路头、年伯、担头等各级头领。

经商的人多，又都是在农闲时外出活动，业务的拓展和活动区域的划分是敲糖帮必须解决好的一个大问题。乾隆年间，敲糖帮以稠城镇、廿三里为中心，向南、北、中三路发展：南路由金华至衢州，再由衢州向江西、湖南等地拓展；中路以衢州为中心，向皖南、蚌埠、合肥、皖北扩展；北路则由本县苏溪出发，经诸暨、萧山、杭州、宁波等地，入上海、南京、徐州，再转入山东。

经过三百年发展，义乌敲糖帮的活动范围不断扩大，人数也不断增加，至民国时达到一万余人，几乎每户农家都有人加入敲糖帮，有许多家庭还不止一人。

敲糖帮中的义乌农民不是专业商人，农业(第一产业)是他们当中绝大多数人的主业。在他们经商活动的背后，活跃着以农业为基础的、若干条产业链交织在一起的、融合发展的产业体系。

人必须吃粮，土地是农民的命根子。义乌东乡和北乡的部分地区土地瘠薄，产粮水平低。为了提高稻田肥力以提高单位面积产量，农民发明了在水稻根部塞"和毛"的办法。

"和毛"是农民特制的一种复合长效农家肥：将鸡毛、鸭毛、鹅毛、人发等切碎，在人尿中浸泡半个月，然后拌和草木灰、人畜粪便，制成肥料。施用时，将"和毛"塞到水稻根部。这就叫"塞和毛"。

施用"和毛"的田块一般每亩（1 亩≈666.7 平方米）可增产稻谷 50 公斤（1 公斤＝1 千克）以上。此法在南宋史料中已有记载。借助于这种方法，义乌农民在瘠薄的土地上一直保持着领先金华地区的水稻单产水平。

水稻施肥需要大量的鸡毛等毛发，义乌本地这一类资源的数量却相当有限。如何取得足够的肥源呢？只能到外地去找。农民手上没有钱，以物易物是唯一的办法。用什么去换鸡毛？用义乌的蔗糖制品。

红糖是义乌著名的大宗土特产品。在长期的红糖生产过程中，义乌农民逐渐形成了一套独特的制糖工艺：以茅草为燃料，一字排开九口铁锅熬糖。所产红糖，略带青色，故名"义乌青"。与白糖相比，"义乌青"保存了较多的钙、磷、铁及锰、锌等微量元素，同时还含有胡萝卜素、核黄素等成分，具有舒筋活血、驱寒去湿、暖胃健身等功效，并有助于产妇恢复元气、丰富乳汁。"义乌青"深受大众喜爱，与火腿、南枣并称为"义乌三宝"。

义乌农民以红糖为主料，加工制作出姜糖、米花糖、花生糖、芝麻糖等糖食，使这些糖食中的红糖售价得到大幅提高，从而获得更高的收益。于是，就有了一条种植甘蔗—榨糖—红糖生产—红糖深加工的第一产业与第二产业融合发展的农业产业链。

事情当然不能到此为止。义乌的货郎们挑上红糖制作的糖食出门，游走于江西、福建、江苏、上海、湖南、湖北、安徽等地的广大农村，以红糖制品换取鸡毛等各类废旧物资，以这种方式解决本地肥料原料不足的矛盾。这样一来，义乌农业中的红糖产业链和水稻产业链就交织、融合在一起了。

事情并没有到此止步。农民下田"塞和毛"需要有装"和毛"的容器，义乌农民习惯用一种拴在腰上的竹筐，每家都会备有几只。木城村是义乌这种竹筐的主要产地。该村是一个竹器制作专业村，自古以来，全村家家户户都做竹器，从种竹、砍竹、编筐到销售，形成了一条竹器产业链。这样的一条林业产业与手工业产业融为一体的产业链，很自然地融入了红糖产业链和水稻产业链形成的产业体系之中。

事情还没有到此为止。红糖、红糖制品和竹筐的生产都是商品生产，必须销售出去才能实现其价值。这时候，"敲糖帮"就登场了，经过他们，义乌的红糖销往四面八方，换回义乌所需的各种物资——有了敲糖帮，义乌的产业体系才能有条不紊地运转起来。

数以万计的义乌货郎从各地换回的废旧物资不但种类繁多，而且数量巨大。农民们将这些废旧物资进行分类、挑选、初加工，然后出售或自行加工生产鸡毛掸子、板刷等产品，于是义乌农村中就出现了数不清的以这些废旧物资为原材料的家庭作坊。

农民是非常懂得珍惜资源的。经过挑选之后，实在没有其他用途的下脚料，如碎鸡毛、碎毛发、碎骨头等，才会被用来制作肥料。

棕皮是敲糖帮从外地换回义乌的重要物资，有了大量的棕皮，义乌农村就生产出了棕床和蓑衣。

随着时代的变迁，敲糖帮从外地换回来的物资也越来越丰富，废橡胶、废塑料、废钢铁、废牙膏皮等等被敲糖帮运回义乌后，义乌农村中也就与时俱进地出现了许多相应的手工作坊。

所以，敲糖帮换回来的不仅仅是物资，同时也是就业机会，这对于解决义乌人多地少的矛盾具有重要的意义。

敲糖帮和敲糖帮所串联起来的义乌农村融第一产业、第二产业、第三产业于一体的产业体系，是义乌农民的伟大发明，与某一产业单一发展的发展方式相比，它具有明显的优越性。

在工业文明由兴起到走向巅峰的三百年间，分工越来越受到人们的推崇，甚至被推高到绝对的、唯一的、无以复加的地步，成为人们心中提高效率的唯一法宝，其他的一切方式，比如产业之间的融合，被视为落后、原始、陈旧。就是在这样的大背景下，义乌的农民、义乌的敲糖帮，发明了自己多业融合发展的发展方式，并一直坚持下来，将其不断完善、丰富，以此解决了自己的发展难题。假如义乌农民也去照搬照抄过于强调分工的、单一的产业发展模式，义乌的土地根本养活不了义乌人，那他们就只有抛家别业、四处流浪了。

敲糖帮——义乌的货郎们，挑着百十斤的重担，走遍浙江、江西、江苏、安徽、湖南、福建诸省的山山水水、村村寨寨，在打造出一个具有义乌特色的产业体系的艰难历程中，磨出了一付铁肩膀，练出了一副铁脚板，开阔了视野，增长了见识，学会了经商，熟悉了物流，更陶冶出了诚信的品格、艰苦奋斗的精神和冒险精神，一代又一代的经商能人由此诞生，一代又一代的实干家队伍由此壮大，一批又一批能工巧匠脱颖而出，为义乌经济社会的发展提供和储备了人才。

有了人才，义乌就有了抓住机会、快速崛起的资本。

注释

① 见戚继光《纪效新书·任临观请创立兵营公移》。
② 见戚继光《纪效新书·紧要操敌号令简明条款篇》。

第四章　流淌在大地上的文脉

讲义乌的文化，讲义乌的文化发展、文化优势，就不能不讲义乌民居。

如果不讲义乌民居，只讲历史上的名人、大事记中的大事，就会漏掉太多的东西，就不可能达到对于义乌文化的全面的、正确的认识。

关于文化，人们给出了各式各样的定义，人们又将文化区分为广义的文化与狭义的文化。从根源上说，文化就是人化。从这个意义上说，人们与大自然合作，根据自己的需要、能力和理想，建造适合于自己的房子。这样的一个过程，当然是一种文化创造的过程，而这一创造过程的成果——房子，当然是一种文化产品。

所以，人们说，建筑是凝固的音乐；人们又说，建筑是历史文化的载体。

事实上，建筑具有二重性，它既是历史文化的载体，又是历史文化本身。

人不能没有居处。诗人吟唱、画家泼墨、数学家计算，都要有房子作为栖身之处；农民种田，工人做工，也不能没有住的地方。为了生存与发展，人创造了各式各样的建筑，其中数量最大的、与老百姓的关系最密切的是民居。

人建造了房子，房子又会反过来对居住在其中的人产生影响，影响他们的思想、感情、情绪。人们发现了这一点并利用这一点，将更多的文化要素注入房子中去，使房子具有了教化的功能和表达思想、展示才情的功能，房子的文化产品属性、房子的文化与文化载体特性便不断得到增强。

长期以来，关于文脉的研究或叙述，人们采取的是将不同时期的诗人、作家、文化人的生平、创作及其创作成就作为点，将这些点串联起来的方法。一种比较有代表性的叙述方式是，从屈原说起，然后依照时间顺序，列举出司马迁、陶渊明、李白、杜甫、白居易、苏轼、曹雪芹……这种方法忽略了太多的东西，恐怕只能算是比较简略的文人文学史或文学之脉，而并非文化之脉。

文化的创造与传承在文化人的书房中进行，同时也在田间地头、农家院里进行。书房中的创造与农家院里的创造缺一不可，这两者之间是互动的。如果追根溯源，则田间地头、农家院里的创造是文人创造的源头和营养。

几千年来，农民是民居的建造主体与使用主体。伴随着历史的进程和人口规模的扩大，民居的数量不断增加，成为历朝历代站立、铺展在大地上的最大规模、最大体量的人工建造物。民居世代更替、不断演进，与农民创造的民歌、传说、戏曲、年画、剪纸、手工艺品等等融合在一起,形成了一条流淌在大地上的文脉。

这条文脉与文人创造的文脉汇合在一起、融合在一起,共同构成我们中华民族的文化之脉。

所以说,如果对于义乌民居一无所知,就不可能深入地了解义乌文化,不可能对义乌的文化资源、文化资产有足够的认识,当然也就不可能正确认识义乌的发展优势和义乌人创造的发展奇迹。

第一节　义乌是干阑文化的发祥地

义乌,或者说义乌—浦江地理—文化单元,是干阑文化的发祥地,是中华干阑文化的源头。

一、干阑的起源与特征

对于人类的始祖而言,吃和住是他们必须解决的两大最基本的生存问题。

我国南方的百越族先民,用种植水稻和建造干阑屋的方式解决了这两大问题。今天,稻米是世界上 60% 以上人口的主粮;今天,干阑式建筑还在发展、创新,世界上还有很多地方的人们居住在干阑屋里。

1. 干阑文化的起源

人类的始祖最初是生活在森林中、居住在树上,"树居"是完全依靠自然的居住方式。

从森林中走出来之后,人类居住在洞穴中,居住方式改变为"穴居"。洞穴是大自然提供的,所以,穴居同样是一种完全依靠自然条件的居住方式。然而,与树居相比,穴居有一个巨大的进步,那就是人类会对洞穴进行选择,其选择的标准来自生活经验的积累。在穴居的漫长岁月中,人类文明由旧石器时代进化到新石器时代。

这一时期,我国南方的百越族先民在他们所居住的洞穴中开始饲养家猪、种植水稻,推进了人类文明由采集文明向农业文明的转型,创造了灿烂的稻作文明,是世界上最早养殖家猪和种植稻谷的民族。

种下的稻子需要管理,种植水稻的工作效率需要提高,为了缩短耕作半径,人们需要在田地附近住下来,穴居显然已不能适应,"巢居"的居住方式便应运而生。

巢居的"巢",是百越族先民运用自己已经掌握的断木与搭建技术,综合树居与穴居的经验,学习鸟儿建窝的方式,在树木上为自己搭建的"巢"。这种"巢"尽管还只是一种半人工、半自然物的居处,但在人类进化史上却具有里程碑的意义,它开启了人工建造史的先河。

巢居的"巢",最初是依托一棵树或相邻的几棵树搭建而成的。建"巢"选址的自由度和"巢"的形制与规模仍然受到自然条件的重重制约。为了获得更多的自由,需求和能力不断提高的百越族先民开始了立柱架屋的尝试,创造了干阑式楼居建筑。

2. 干阑式建筑的特征

干阑式建筑有以下七个方面的特征：

（1）立柱架屋

成熟的干阑式建筑，最突出的特点是它立柱架屋的结构方式：以木柱为支撑，立柱于地，木柱的下端埋入土中，相邻的木柱以木梁联结，在木梁上铺设木板，形成居住层平面。在居住层下面，留出一个架空层空间。这样的房子，似乎是用自己的脚站立在地面上，所以，人们将干阑式建筑形象地称为"长脚的房屋"（图4-1至图4-3）。

图4-1 史前干阑式民居模型

图4-2 广西三江侗族村寨木构干阑式民居

图4-3 湖南省凤凰古城吊脚楼——湖居式干阑

（2）楼居

干阑式建筑的居住、使用方式是，人居住在架空层上面的"楼"上，居住层下面的架空层用以关养禽畜或堆放杂物。

（3）榫卯技术

在各种类型的干阑式建筑中，木构干阑数量最大、分布最广、技术水平最高且最具代表性。木构干阑最为关键、最具代表性的技术是榫卯技术。其他类型的干阑式建筑，同样离不开榫卯技术。

（4）木料是最重要的建筑材料

木材是干阑式建筑最重要的建筑材料。木构干阑如此,竹楼式干阑所用的竹材也可以归之于木材系列;即使是以泥、石等材料构筑架空层墙体的干阑,其居住层以上部分的建筑材料,也仍然是以木材和植物材料(竹、树枝、芦苇、草)为主。

（5）上实下虚

干阑式建筑"立柱架屋"的结构特点,决定了其上实下虚的空间特征:处于上方的居住层是实的,处于下方的架空层常常不加围合或只做简单围合,相对而言是虚的。

（6）开敞、开放

为了适应南方炎热的气候环境,干阑式建筑中设有许多开敞、半开敞的空间,由此形成了其开敞、开放的空间特征(图4-4)。

图4-4 广西龙胜各族自治县一座前面和侧面长廊半开敞的木构干阑

（7）横向扩展

与北方地居建筑纵向扩展的方式不同,干阑式建筑采取了横向扩展的方式,常见有十几间甚至几十间干阑屋横向连排布置的情况。南方多山,干阑式建筑以这种方式来适应山地地形,在山坡上沿等高线排列。

立柱架屋和楼居是干阑式建筑最根本的特征:立柱架屋是其结构方式,楼居是其使用方式,二者密不可分。百越族先民埋柱于地、立柱架屋,就是为了不直接住在地面上,而是要像鸟儿一样脱离地面居住在半空中。在距今几千年、上万年的文化遗址发掘中,不可能找到完整的干阑屋,然而,只要发现了整齐排列的柱洞,我们就可以断定这是干阑式建筑留下的遗迹,就可以断定该文化遗址的主人当年是居住在干阑屋里的"楼"上。

二、干阑文化凝聚百越先民的智慧

黄河和长江,同为中华文明最为重要的摇篮。这两大摇篮的居住文化走的是不同的发展道路:长江流域以及西南地区的百越族先民,由穴居转变为巢居,然后发展为楼居干阑文化;黄河流域的居住文化,则由穴居向地穴、半地穴演进,最后发展为地居式地面院落建筑。

从发展的历程看,黄河流域地居式居住文化体系的发展序列为穴居—地穴—半地穴—地居式地面院落;长江流域楼居式居住文化的发展序列为穴居—巢居—楼居干阑。

黄河流域的地居文化和长江流域的楼居文化(干阑文化)形成了中国古代并立的两大居住文化体系。同样是从穴居出发,黄河流域先民的居住方式先是向地下发展(人工地穴或人工、半人工地穴),然后向上发展(半地穴),最后上升至地面,发展为地居建筑。在这一发展过程中,人始终是依据地面(包括地下洞穴中的地面)而居。长江流域先民的居住方式,在走出天然洞穴之后采取了离开地面的楼居方式(无论巢居还是干阑)。二者发展轨迹不同,却同样体现了顺应自然、适应环境的天人合一的智慧。

南方民居选择楼居居住方式的原因,可以用避群害、避暑热、避潮湿的“三避”说来概括。

《韩非子·五蠹》中说:“上古之世,人民少而禽兽众,人民不胜禽兽虫蛇。有圣人作,构木为巢,以避群害,而民悦之,使王天下,号之曰‘有巢氏’。”干阑由巢居发展而来,巢居的“巢”与干阑屋之间没有也不可能有明确的分界。上述引文中所说的“构木为巢”,应该是既包括了巢居的、半人工半自然的“巢”,也包括了全部由人工建造的干阑屋。“避群害”是百越族先民选择、创造巢居、干阑屋楼居方式的重要原因。

晋张华《博物志》云:“南越巢居,北朔穴居,避寒暑也。”张华从另一个方面解释了南方和北方民居发展道路不同的原因:北方居民要避严寒;南方居民要避炎热。张华的“避寒暑”说,在解释南方和北方居住方式不同原因的同时,也划分了干阑文化与地居文化分布的地域。

“避潮湿”则是百越族先民选择楼居方式的另一个重要原因:南方多雨潮湿,土地湿度大,雨水会在地面上形成径流,甚至导致洪水泛滥,所以,楼居是明智的选择。

三、义乌是干阑文化的发祥地

1973年夏天,河姆渡文化遗址被发现。这一发现被认为是中华人民共和国成立以来最重要的考古发现,它证明在7 000年以前,长江流域已经存在着繁荣的原始文化,而水稻种植和干阑屋楼居方式是这一原始文化的两大主要内容。人们曾经判定河姆渡是中华和世界稻作文明的源头,同时也认为在河姆渡发现的干阑式建筑遗迹是世界上最为古老的。

在河姆渡文化遗址中出土的干阑式建筑实物,其榫卯结构的技术水平已经很高,干阑式建筑枋柱上的雕刻图案也已经相当精美。据此,学者们推测:中国干阑式建筑起源的时间可以推定在1万至2万年前的旧石器时代晚期,其成熟期则在距今7 000—6 000年的新石器时代中期。

近年来,在浦江发现了距今11 000年的上山文化遗址,在义乌桥头村发现了距今9 000年的上山文化遗址。这两处遗址彼此之间的距离不超过20千米,它们具有相同的文化特征——种植水稻和建造干阑屋。所以,我们将义乌与浦江确认为一个文化—地理单元。浦江上山文化与义乌桥头上山文化分别比河姆渡文化早了4 000多年和2 000多年,其稻作文明和干阑文化均处于比河姆渡文化更早的发展阶段,所以,浦江、义乌的上山文化被确认为河姆渡文化的源头。

所以,义乌和浦江,这个处于金衢盆地最东端的文化—地理单元,既是中华稻作文明的源头,又是中华干阑文化的源头。

古百越族群的分布地域十分广阔。《汉书·地理志》云:"自交趾至会稽七八千里,百越杂处,各有种姓。"也就是说,从今天的越南北部到中国的浙江、江苏,包括云南、贵州、四川、广东、广西、福建、浙江、海南和台湾等地,以及今天湖南、湖北、江西、安徽等省的部分地区,均为百越族群的聚居地,而百越族群的居住文化即干阑文化。

今天,云南、贵州、广西、广东、湖南、湖北、海南、台湾等地的少数民族聚居区仍然有干阑式民居的集中、大量分布与使用(图4-5)。

图4-5　广西三江县侗族村寨

除上述中国南方的广大地区之外,东南亚、欧洲、非洲、大洋洲等地也都有干阑式建筑分布。在上述地区的许多地方,干阑式建筑至今依然是当地重要的民居形式。比如,在澳大利亚的著名旅游城市布里斯班,被当地人称为"昆士兰屋"的干阑式建筑随地形起伏铺展开来,如同大海的波涛,城市中心区集中分布的高楼则如同大海中的小岛。在南美、北美、欧洲,建筑师们不断创新,充分发挥干阑式建筑能够适应各种地形的技术优势,推出多种形式的现代化干阑式建筑,这些建筑的共同特点是省工、省料、省时、不改变原有地形、开挖量极小、将工程施工对于生态环境的干扰与损害降到了最低。

四、干阑式建筑的历史地位及其与北方地居建筑的交流

干阑式建筑的出现具有划时代的意义;干阑文化与北方建筑文化的融合是中华民

族大融合的重要内容,并使中华民族的大融合获得了一种物质固化形式。

1. 干阑式建筑对于人类发展的意义

第一,干阑式建筑开辟了人类建筑史的先河。

干阑是一种"全人为"的建筑,它是按照人的意愿、用人类加工制作的材料、在人类选定的地方建造起来的建筑,建筑业由此而发端。

第二,干阑式建筑使人类可以自由选择居住地,这对于方便生活和提高劳动生产效率意义十分重大;同时,由于居住地不再受到洞穴或树木所在位置的制约,聚落的扩大成为可能。原来分居各处的氏族、部落现在可以集中居住,从而集聚为较大规模的聚落。人类群体规模由此得以扩大,群体的力量由此得以增强。

第三,干阑是人类创造的最早的框架结构建筑。干阑式建筑的榫卯技术与辉煌的建筑成果对人类建筑技术进步的影响甚为深远。

2. 干阑文化与北方建筑文化的交流

干阑文化对于北方地居文化曾经产生过深远的影响。

远古时期,北方的地居文化和南方的干阑文化曾经经历了各自相对独立发展的过程,但这绝不等于双方没有交流。长江下游的河姆渡文化遗址和北方半坡穴居村落遗址,时间先后相差不大,而河姆渡文化遗址中的干阑式建筑的榫卯技术已经很成熟,半坡穴居村落遗址中穴居建筑的木结构使用的则是绑扎技术,二者相比,河姆渡文化的技术要先进得多。干阑式建筑的这种领先优势保持了很长的时间。考古发现表明:北方穴居建筑后来也采用了榫卯技术,由此带来了北方建筑的一次飞跃。有学者认为:这一次飞跃,得益于南方干阑文化的影响①。

至迟从周代开始,南北两大文化的交流,逐渐频繁起来。商贸活动、南北不同政权之间的交往、移民和战争,均以各自不同的方式促进了这种交流。

"春秋战国时期,南方的楚国有高度发达的楚文化,其中也包括建筑文化。在各国竞相'高台榭,美宫室'风气中,楚之章华台为规模最大,时间最早者……楚国这种干栏式(即干阑式——笔者注)高台建筑为晋等北方列国所无,故有各国皆效楚的举动。又如《史记·本记》记述秦灭六国,统一天下后,'写放其宫室,作之咸阳北阪上,殿屋复道,周阁相属'。各国宫室大概主要是南方楚、吴、越等国的,因为复道周阁正是这些国家的干栏式建筑形式。汉以后楼阁建筑代替台榭而兴,也可能与秦时的推崇有关,此期也正是干栏式建筑发展的高潮,楼阁之风就是它的进一步的发展。由是,南方建筑文化对于北方的影响乃由来已久的事实,这种现象在建筑史上一脉相承,例证丰富,直至清代宫廷督造亦用南方工匠雷氏家族,足见南方木构技术的发达先进由来已久。"①

春秋战国时期,"各国皆效楚";秦统一天下后,命人"写放"南方宫室,"作之咸阳北阪上",数百年间,北方政府学习南方建筑文化的热情持续高涨。政府的热情当然也会影响到民间,同时,民间有更多的途径和机会进行交流。干阑文化对于北方地居文化的影响不断加深。

五、义乌在南北文化交流中扮演过重要的角色

建筑文化的交流是中华民族互相融合的重要内容。

越国是春秋战国时期称霸时间最长的霸主。自公元前473年越灭吴而称霸天下始,其称霸的时间待续了100多年,在此期间,越国的大军纵横长江、黄河两大流域,东至东海之滨,西至今陕西之地,越国的政治、外交、商贸活动同样在上述广大区域以我为主地活跃了100多年,其文化影响之深远、深刻可以想见。

人们一直有一种定见,认为中华文化的发展是一个中原文化持续地向周围扩展的过程。这种"单向扩展论"是不符合实际情况的。事实上,中华民族大融合、中华民族文化的发展是一个双向的、多向的、互相交流的、互相融合的过程。在"轴心时代"的后半期,越国称霸100多年,加上在此之前的吴国称霸20余年,长江下游地区、东南沿海地区的优势文化大力向中原地区乃至更为广阔的地域传播,成为南北文化交流中强劲的文化流,其对北方文化丰富与提高所产生的作用是绝对不可忽略、不可低估的。

人们一直有一种定见,认为中华文化是一种内陆文化。这同样是不符合实际情况的。越国和吴国都有漫长的海岸线,最先称霸的齐国也是一个沿海国家。拓展海疆、开发海洋资源、利用海洋谋发展是这三个国家共同的选择,这就决定了它们的文化中包含有丰富的海洋元素。齐、吴、越先后称霸,它们必然将自己的文化向全天下传播,把大海的辽阔开放注入中原文化之中,使之更加丰富多彩。回望历史,秦代的海上求仙、汉代开启的海上丝绸之路、唐代鉴真东流、明初郑和下西洋……都不可能从零开始,都是在祖先开拓、积累的基础上进行的。

越国称霸100多年,对于中华海洋文化的创造、积累、传播,做出了特别重要的贡献。

义乌是越国重要的政治中心。有研究者认为:吴、越战争时期,义乌是越国的都城所在地。作为越国重要的政治中心、作为越国的都城,天下优秀的工匠会向这里集聚,最好的建筑材料会向这里集中,各类大型建筑会在这里紧锣密鼓地施工建造;民居建筑也会被带动起来,民间的能工巧匠们会各展才艺,争奇斗巧……国力的强盛必然带动建筑文化的辉煌,我们有理由相信,在越国称霸的100多年间,在今天义乌这块土地上,曾经屹立着当时最为辉煌、技术最为先进的干阑式建筑群。

考古发现为此提供了佐证:

"2003年,在江东街道观音塘村狗尾巴山发现了多座西周至春秋时期的土墩墓,说明义乌当时很可能是越国的政治中心,有许多贵族栖居于此……2000年5月,在旧城改造市民广场建设工程中,金山岭顶西侧(今市政府大门东南侧)发现春秋战国水井遗址……还出土了一批先秦时期的瓦当和古砖,并有牛的肩胛骨、鹰爪、兽骨等,更重要的是,还发现了一排木柱,柱与柱之间相隔很近,柱径约0.1米……从出土现场厚达5—10米的文化堆积层……观察,今市民广场和市政府的位置很可能是春秋时期古越国的王城遗址。"[②]

我们有理由做出这样的推断:在越国文化向天下各处强力传播的100多年间,义乌文化在其中扮演了重要的角色。

2000多年过去,时移物易,当年的义乌干阑式建筑没有给我们留下它们鲜活的模样。然而,透过今天许多地方人们正在建造、正在使用的干阑式建筑的身影,我们大略可以想见昔日义乌干阑式民居的绰约风姿(图 4-6 至图 4-9)。

图 4-6　广西三江县程阳风雨桥

图 4-7　四川都江堰市南桥

图 4-8　澳大利亚布里斯班市干阑式民居

图 4-9　义乌桥西村廊桥

第二节　传统民居——农民创造的又一座文化高峰

两宋之交及以后,中国政治、经济、文化中心南移,北方移民大量进入义乌,义乌人的居住方式逐渐由干阑式建筑的楼居转变为院落式地居,民居建筑形式"北方化"。我们将这种"北方化"的民居,称为传统民居。

至清代中期,传统民居的发展进入高峰期。

一、商业的繁荣推动传统民居建设

义乌今存传统民居,数量多、质量高、分布密度大,是义乌宝贵的历史文化资源。

根据国务院《关于开展第三次全国文物普查的通知》,从 2007 年 9 月至 2011 年 12 月底,义乌市开展了为期 4 年多的文物普查工作,按照第三次全国文物普查不可移动文物各项标准规范,共登录文物点 1 659 处,其中,全国重点文物保护单位 2 处,浙江省级文物保护单位 11 处;其中,古遗址 37 处,古墓葬 27 处,石窟寺及石刻 5 处,近现代重要史迹及代表性建筑 376 处,古建筑 1 214 处。

在此次登录的 376 处近现代重要史迹及代表性建筑中,有传统民居 286 处。将古建筑与近现代传统民居加在一起,义乌此次登录的今存传统建筑总数达 1 500 处。此外,尚有大量的传统民居没有列入不可移动文物名录。

建筑是历史文化的载体,民居是经济社会发展的忠实纪录员。2 000 多年前,在"十年生聚,十年教训"的复国斗争中,越国人民开创的商业文化传统在义乌这片土地上薪火相传,从未断绝,到了明末清初,资本主义的萌芽勃发出旺盛的生命力,义乌经济社会的发展进入了转型期。

在农村,以"鸡毛换糖"、火腿、蜜枣、丹溪红酒为代表的一大批融种植业、养殖业、农产品加工业、手工业、商业于一体的产业链得到快速发展并成为农民生产经营的主要模式;退伍回乡的义乌兵的加入,使农闲时分散经营的农民货郎转型为敲糖帮。敲糖帮的活动提高了义乌农村、农业、农民的开放程度,有力地促进了义乌农村与外部世界的资源要素交流。

在城镇,众多商家生长起来,其规模不断扩大,活动地域不断拓展。千年古镇佛堂镇商贾云集、商号林立,成为义乌的经济中心,也成为传统民居建设的热点。

敲糖帮队伍的不断扩大使义乌农村出现了几乎是户户有人经商的局面。如果说农民商人(货郎)是一支群众性的、业余的商业大军,那么活跃在城镇中的商人们则组成了一支专业商人的队伍。在这两支商业队伍的合力推动下,义乌传统民居的建设出现了前所未有的热闹景象:在城镇和乡村,一座又一座颇有气势的传统建筑拔地而起。

佛堂镇近旁的倍磊村,是一座有着千年历史的古村。该村地处水陆交通的交汇点:陆路是通往东阳、永康、金华、浦江、诸暨等几条官道的汇集点,水路是义乌、永康、东阳等县通往金华、兰溪直至苏杭的重要码头。倍磊村村民素以耕读传家,以"义方训诸子",民风淳厚尚勇,戚家军中义乌兵的重要将领陈大成就出自倍磊村。在明代抗倭战争中,因军功而擢升都督同知、都司、守备、千总、把总等官职的该村子弟有 70 多人。明清之际,倍磊村发展成为义乌农村中的一个重要的商业集市。村民腌火腿、酿黄酒、种甘蔗、榨红糖、挑货郎担,他们以诚信为本,克勤克俭,积累财富,许多人的生意越做越大,许多人把生意做到了金华、兰溪、苏杭、山东乃至京城。无论当官还是经商,积累了一定的财富之后,按照传统,人们都会"买田起屋"。于是,就有了德星堂、守拙堂、玉田堂、豫顺堂、恒德堂、漫堂、三多堂、敬修堂、则顺堂、志仁堂、懋敬堂、敬仁堂、敬胜堂、九思堂、致和堂、凝德堂、正义堂、集义堂、简能堂、崇义堂、敦厚堂、新屋里花厅、王姓厅、水阁厅、台门厅堂、存义堂、新德堂、效顺堂、仪性堂、精义堂、济美堂、天命堂、善庆堂、秋厅等 30 多座高宅大院交相辉映,此外,还有为数众多的雅苑小居分布于湖畔水滨。

二、义乌传统民居的特色

义乌传统民居特色鲜明,历来广受赞誉。

天人合一、崇尚自然、适应环境、注重风水,是我国各地传统民居的共同特点。人们根据义乌传统民居"粉墙黛瓦马头墙，肥梁胖柱三雕（木雕、砖雕、石雕）美"的特点，将义乌传统民居归类为徽派建筑。

以徽州民居为代表的徽派建筑是我国传统建筑中一个重要的、享有世界声誉的流派，主要分布于安徽、浙江、江苏、江西、上海、湖南、湖北、福建、广东、广西等地。以浙江东阳民居为代表的，分布于安徽、浙江、江苏、上海等地的东阳民居建筑体系，又是徽派建筑中以建筑木雕精美为主要特点的一个重要流派。义乌是东阳的近邻，其传统民居是东阳民居建筑体系的杰出代表。

一方面，封建社会等级森严，对于老百姓盖房子，官府在规格、色彩、装饰等各方面，均有种种硬性的限制与规定。借用闻一多先生关于写格律诗的一句话来说，老百姓盖房子，也像写格律诗一样，是"戴着镣铐的舞蹈"。另一方面，在世俗文化的影响下，人们盖房子也必须顾及周围的建筑环境，要从众随俗。现存义乌传统民居绝大多数建造于历史发展的转型期，加之"天高皇帝远"，义乌人又富有创新、务实精神，敢于标新立异，于是，义乌传统民居逐步形成了自己外朴内文、开阔大气、疏密有致和纵横扩展四个方面的特点。

1. 外朴内文

所谓外朴，是说义乌传统民居外表朴实无华，简洁雅静；所谓内文，是说义乌传统民居内部装饰十分讲究，木雕、砖雕、石雕俱佳而尤以木雕冠绝天下。

外朴与内文，形成鲜明的对比。

建筑是历史文化的载体。建筑是一本大书，记载着生产力发展水平和社会生活的方方面面，反映着人们的世界观、价值观、精神信仰、理想追求、审美情趣和生活方式。在古代和近代，在缺乏其他手段的情况下，生活于乡野的农民自觉不自觉地将民居建筑当作纸和笔，书写自己的胸襟。这一点，在民居装饰中有着集中而又突出的表现。在义乌传统民居中，我们可以看到，虽然是"戴着镣铐的舞蹈"，但义乌人执拗地要把自己想要表达的东西尽可能地在民居建筑中表达出来。他们在民居建筑的内部装饰上下足了功夫，越是在建筑外部表达受到限制，就越是要在建筑内部尽情挥洒。建筑木雕是义乌人采用的主要手段。一代又一代义乌人千百年的"挥毫泼墨"，使义乌传统民居的建筑木雕无论在内容上还是艺术表现上，都达到了辉煌的高峰。

同是徽派建筑，皖南的传统民居正立面的外部装饰主要使用砖雕，许多民居的门楼砖雕装饰繁复而又华美。这种情况在义乌很少见。义乌民居内部的木雕装饰，则要比皖南民居繁复宏丽许多。

2. 开阔大气

皖南地区冬季的气温要比义乌低许多。在民居建造中，皖南人必然更多地考虑"冬暖"，义乌人必然更多地考虑"夏凉"；徽商赚了钱，回家乡盖大屋，然而自己又常年在外奔波，家中只留下老人、女人和孩子，民居建筑的防卫功能便显得特别重要。或许正是由于这许多方面的原因，皖南民居的前庭、天井一般都比较狭小逼仄；同时，院子内部的隔断与围合多用砖墙围合严密。

义乌传统民居的前庭、天井则开阔大气，既利于通风采光，又为人们提供了宽敞的活动空间。除外墙之外，义乌传统民居内部空间的隔断与围合多采用木壁。为了通风采光,厅堂的木壁隔断又常常是半截的,甚至不施围隔。开敞的厅堂与开阔的天井组合在一起,使义乌传统民居形成了开阔空灵的特点。

3. 疏密有致

皖南传统民居内部空间的组织较为紧凑密实。义乌传统民居多为三合院、四合院或多进式院落,院落以厅堂为主轴,主轴两侧设通廊和厢房,前进与后进之间设天井。这一条主轴线,疏朗开阔;大型民居主轴线两侧厢房多为两层,底层分隔为许多小房间,二层往往分隔为若干个相对独立而又完整的类似三合院的空间,形成大院中的楼居小院。许多民居,在厢房的外围又建造跨院(义乌称为"重厢")。主轴线与厢房、跨院,空间上形成一疏一密、一开一合的对比,给人以类似书法艺术所讲究的"疏可跑马,密不透风"的感觉。

4. 纵横扩展

北方地居式院落的扩展方式是纵向扩展,三进、五进甚至更多进地向纵深延展;南方楼居式干阑式民居为了适应山地的地形采用横向扩展的方式,几间甚至十几间、几十间连成一排横向延伸。义乌传统民居兼具上述两种扩展方式的特点,院落中的主轴线沿纵深方向扩展,厢房和跨院则向两旁横向扩展,将干阑式民居与北方院落民居的扩展方式熔于一炉,形成了一种复合型的扩展方式。

位于上溪镇黄山村的黄山八面厅是义乌古代传统民居的代表。

八面厅原名振声堂,始建于清嘉庆元年(1796年),于嘉庆十八年(1813年)落成,其主人以经商为主业,主要经营火腿生意。

八面厅面向东南,前临凰溪,后依纱帽尖山,占地面积为2 908平方米,建筑面积为2 500平方米,以一条中轴线和两侧跨院构成整体"回"字形平面。中轴线上依次布置花厅、门厅、大厅、堂楼;南北两侧跨院为三合院,各设两座一前一后的厢厅,整座建筑共八座厅堂,故称"八面厅"。

门厅面阔五间,进深九檩,三合土铺地,硬山顶,屋面盖小青瓦,两侧山墙设三花马头墙。

大厅规模较门厅更为宏大,面阔五间,进深为十一檩,两侧山墙为五花马头墙。

花厅的位置设在整座建筑的最前面,厅前设花园。这样的安排与一般民居将花园置于建筑后部的布局相反,显示出义乌民居在布局结构上灵活自由的特点。

花厅有房十一间,"一"字形横向排列。这是干阑式民居的遗风。

义乌传统民居非常讲究选材,对于柱、梁用料的选择尤其严格。黄山八面厅堪称典范,其所用立柱多为粗壮笔直的香榧;其冬瓜梁则选用粗大的香樟,施以雕刻后给人以凝重华美之感(图4-10至图4-13)。

图4-10　黄山八面厅

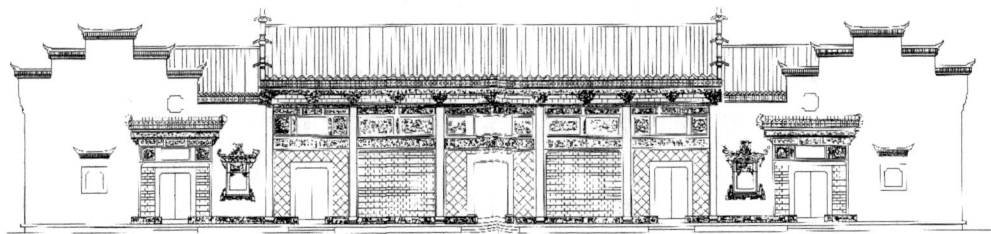

图 4-11　黄山八面厅外立面图

图 4-12　黄山八面厅的肥梁胖柱

图 4-13　开敞大气的黄山八面厅内庭

图 4-14　黄山八面厅木雕

黄山八面厅的木雕（图 4-14）、砖雕、石雕艺术闻名遐迩，尤以木雕著称，其门厅、大厅所有的门、窗和梁、檩、枋、雀替、斗拱、牛腿（撑拱），走廊的几腿罩、天花板，都布满了精美的木雕。在这里，建筑构件与艺术构件已难以分辨，几乎所有的木构件都成了工匠和房主人表情达意的手段。

吴棋记是义乌民国时期传统民居的代表。该建筑位于佛堂镇，始建于 1935 年，其主人也是一位商人。

吴棋记坐北朝南，由两进两廊两厢房及东西南北四条弄堂围成一个四合院，总占地面积为 1 325 平方米。

吴棋记的建筑具有以下四个方面的特点：

其一，前园后宅。大门内设影壁，转过影壁是花园，从花园中穿过才能进入主体建筑。

其二，庭院内二层设跑马廊（挑台）。

其三，大厅为三层。三层建筑在义乌传统民居中是很少见的。同时，三楼西侧厢房之上还设有一座凉亭,这更是义乌传统民居中绝无仅有的。

其四,木雕作品吸收了外来手法(图 4-15 至图 4-19)。

图 4-15　吴棋记外景

图 4-16　吴棋记二层跑马廊

图 4-17　吴棋记民居大厅

图 4-18　吴棋记花窗

图 4-19　吴棋记大厅二层跑马廊木雕

三、义乌民居发展的脉络与规律

义乌民居是一条流淌万年的大河,其发展有它自身的规律。认识、掌握这些规律,对于我们今天的弘扬与创新具有重要的意义。

1. 民居文化的融合是民族大融合的重要内容

义乌的干阑式民居与传统民居,它们之间是什么样的关系?从前者到后者,从楼居到地居,转变是在什么条件之下发生的?发生的过程是怎样的?深入研究这些问题,有助于我们理清义乌居住文化发展的脉络,探寻其内在规律。

义乌民居文化由干阑式建筑向传统民居演进的转折点,出现在两宋之交。

南宋末年,为避战乱,大量北方移民迁居南方。这一次移民运动的规模之大、持续时间之长,都是史无前例的。在这次移民高潮中,义乌迎来了大量的北方移民。这些北方移民来到义乌,安顿下来,就成了义乌人。

据 1987 年《义乌县志·主要姓氏源流》记载,义乌今天陈姓中的一支、吴姓中的一支、何姓中的一支和龚姓、杨姓、刘姓、方姓、丁姓、赵姓、周姓、李姓、郑姓、罗姓、贝姓等姓氏,都是宋代从北方迁入义乌的。根据 1987 年《义乌县志》的统计,陈姓是义乌第一大姓,吴、何、龚、杨、刘、方、丁、赵、周、李、郑、罗等诸姓,也都是义乌今天位居前列的大姓。

大量移民的到来推动了民族的大融合。南北文化的大交流、大融合,南北建筑文化、居住文化的大交流、大融合,是民族大融合的重要内容。

南宋王朝定都临安(今杭州),王室、贵族和大量官吏集聚临安,随同他们南来的是他们的家族。临安成为全国南部的政治、经济、军事和文化中心。临安及其周边地区的建筑活动,出现了空前的繁忙景象。

在两宋之交以前,义乌的居住文化是楼居式干阑文化;从两宋之交开始,义乌的居住文化进入了转型期,由楼居文化向地居文化转型。

进入这一转型期的直接动力源,主要是北方移民的大量涌入。在转型过程中,民居建筑形式的变化表现出“北方化”的特征。然而,民居建筑形式的变化绝非一些人所想象的那样,是北方居住文化淘汰或者取代干阑文化,绝非干阑文化消失或死亡,而是干阑文化与地居文化互相融合,在融合中继续发展。

义乌民居文化的发展脉络可以用图 4-20 来表示。

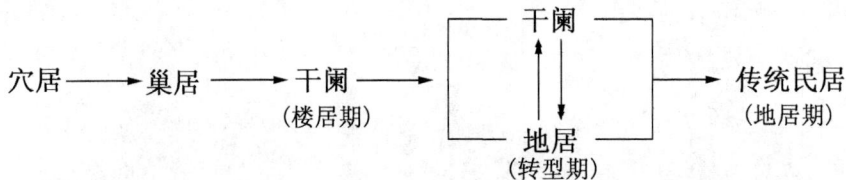

图 4-20　义乌民居文化发展脉络图

图 4-20 中所示的干阑文化期,时间跨度从桥头上山文化算起,到两宋之交,有七

八千年甚至更长;在转型期,干阑文化与北方地居文化互相交流、互相融合,逐渐形成了义乌地居式传统民居。

当然,融合的过程并不像我们所画的示意图这么简单。比如说,汇聚到义乌的移民不仅有北方人,也有大量的来自福建、江西、安徽、湖南等干阑文化区的南方人。因此,参与交流融合过程的,不仅有北方移民所带来的地居文化,也有南方移民带来的与义乌本地干阑文化有所不同的干阑文化。

我国南方的百越族先民为了适应南方的自然环境,创造了"避群害、避暑热、避潮湿"的干阑式建筑。历经几千年的发展,人类的力量不断增强,人类力量与自然力的对比发生了很大的变化,人类改造自然环境的努力取得了巨大的成效。在这些变化中,与居住文化关系密切的有:人的数量大大增加,人类聚居地(城镇和村庄)的基础设施建设水平大幅提高,"群害"进入人类聚居地的频率大大降低;同时,人们"避潮湿""避暑热"有了更多的办法(如床的普遍使用)。这就使得"三避"所要解决的矛盾大为缓和,为人们的居住方式由楼居向地居转型提供了前提条件。这是义乌民居由楼居向地居转型的内因。

经过数百年的转型过程所形成的义乌传统民居,并不是北方地居形式的照搬照抄,而是融干阑文化与地居文化于一体,发展成为具有义乌特色的民居形式。

2. 保留在传统民居中的干阑式建筑

人们普遍认为:一千年过去了,义乌民居已经"北方化"了,干阑式建筑在义乌这片土地上已经没有踪迹可寻。甚至更进一步认为:既然在今天的义乌已经找不到干阑式建筑的身影,那就说明干阑文化只适应于宋代以前的古代,而不适应现代,当然也就没有传承的价值。

事实并非如此。

作为特别适应南方炎热多雨气候和多山地形的,在技术上、艺术上达到了很高水平,有着深厚历史文化积淀的建筑形式,干阑式建筑不但依然是我国南方山区许多少数民族的基本居住形式,不但依然是东南亚、大洋洲、非洲、美洲等许多地方居民的居住形式,而且,它也并没有从义乌这片土地上消失。

在今天的义乌城乡,大量存在的且依然鲜活的、与时俱进的干阑式建筑向人们述说着义乌干阑文化悠久而又辉煌的历史,展示着义乌干阑文化顽强的生命力,证明着干阑式建筑的科学性与合理性。

在今天的义乌城乡,干阑式建筑、干阑文化的存在主要有两种形式:其一,是以完整的干阑式建筑体存在并被使用。这是一种显性的存在。其二,是干阑式建筑的思维方式、结构方式、建造技术和干阑式建筑的特点,存在于或融入了地居式建筑之中。这是一种隐性的存在。

我们先说在传统民居中存在的完整的干阑式建筑体。

(1)"过街楼"

"过街楼"是木构干阑式建筑中特有的一种建筑形式。为了适应山地地形,木构干阑一般依等高线排列,由于向前、向后扩展都受到地形制约,因此干阑式建筑采取横向扩展的方式。这样一来,有时便会与道路发生矛盾。"过街楼"是解决这一矛盾的好办法：在道路受阻的地方，相关的那一间干阑屋只建居住层和屋顶，居住层以下完全空着，让道路通过。由此，形成了"过街楼"，"楼"用作居住，楼下是通道。

在今天义乌城乡的传统建筑群中，"过街楼"并不罕见，它们昔日是干阑式民居的"零部件"，今天是地居建筑的组成部分（图 4-21）。

图 4-21　尚阳村中的一处"过街楼"

（2）戏台

戏台是义乌传统民居中重要的、特别漂亮的建筑物，它同时又是完整的干阑式建筑。

义乌今天保存完好并且还在使用的戏台数量相当大，它们大多建造于村庄的宗祠之中，是宗祠的重要组成部分。义乌农村今存的宗祠均为地居式院落，戏台位于宗祠的中轴线上，背向宗祠大门，面向天井和中厅，排列的顺序为大门（宗祠主入口）、门厅、戏台、天井、中厅。

戏台是干阑式建筑体系中重要的公共建筑。南方的戏台与北方地居建筑体系中的戏台有很大的不同，这主要表现在：北方地居文化的戏台与北方的地居建筑一样，筑土（或砖、石）为台，台子是实心的或者是严密围合的，形成高出周围地面的一小块高台地面，演员即在这高台上的地面演出；干阑式建筑的戏台与干阑式民居的结构方式相同，是立柱架屋——用柱子支撑起演出层平面，在演出层之下有一个架空层，架空层多数不做任何围合。一个有架空层，一个没有架空层；演员的表演区，一个是在架空层上面的"楼"上，一个是在实心土台的地面上，这是干阑戏台与北方戏台的根本区别。同时，北方乡间的戏台常常是只有一个台子，台子之上没有遮盖，而干阑式建筑的戏台则是有屋顶的，而且屋顶一定是整个戏台装饰最华美的部分。

木构架、立柱架屋的结构方式、榫卯结构技术，架空层、戏台楼板（演出层）和戏台的屋顶，这些元素从内到外共同组成一个完整的、典型的、独立的木构干阑式建筑个体。这就是义乌传统民居中的干阑式戏台。

将义乌乡间的戏台与广西、贵州、湖南、四川等地干阑式建筑体系中的戏台做一个比较,我们不难断定,义乌的戏台与它们同源同根,同属于南方干阑式建筑体系。

义乌传统民居中的戏台,是干阑式建筑留给世人的重要标本,它历尽沧桑却容颜不老,骄傲地向这个现代化的世界展示着自己迷人的风采(图4-22、图4-23)。

图4-22　大陈镇宦塘村蒋氏宗祠戏台

图4-23　马畈村戏台

(3)"湖居"式干阑式民居

"湖居"式干阑是建于水上或部分建于水上的一种干阑式民居。唐诗中有"君到姑苏见,人家尽枕河",说的就是"湖居"式干阑式民居。义乌乡间多池塘,现存的多处"湖居"式干阑式民居证明历史上义乌曾经是一个"湖居"式干阑式民居众多的地方。

义乌现存"湖居"式干阑式民居的代表,当属森屋村"一鉴堂"。

"一鉴堂"采用立柱架屋的结构方式,建于池塘水面之上,因此人们又称其为"水阁楼"(图4-24至图4-29)。据该村《森屋龙港王氏族谱》记载,该建筑为清嘉庆年间(1796—1820年)所建。水阁楼坐北朝南,为三合院结构。建筑基址为一天然水塘,塘中有一块岩石,村中人称其为"龙背"。"龙背"石的存在,说明水塘下的地质结构是坚实的。水阁楼的设计者匠心独运,采用"湖居"这一干阑式民居的特殊方式,在水中打入青石柱桩,柱桩上方以长条石相连,上铺木板构成民居所需要的居住层平面,整座建筑便耸立于这一平面之上。

图4-24　森屋村"一鉴堂"——水阁楼

图4-25　水阁楼鸟瞰

图4-26　水阁楼的天井

图4-27　水阁楼与正厅隔天井相望的围廊

图4-28　水阁楼正厅内景

图4-29　水阁楼木雕

"一鉴堂"坐北朝南，除外墙墙体以砖砌筑之外，其余皆为木结构。正厅高大开敞，为一层；两旁厢房均为两层。正厅前横一排"美人靠"，"美人靠"背后为天井，天井的"地面"即水塘的水面。整座建筑构思十分巧妙，营造了舒适、方便、极富诗情画意的居住环境。

"一鉴堂"的木雕十分精美，特别是飞鸟、人物的造型极具动感，栩栩如生。

以木构架承重，以砖墙围合，是义乌传统民居的标准结构方式，同时也是义乌干阑式建筑与传统民居互相融合的标准方式。"一鉴堂"是义乌民居文化由干阑文化向传统民居文化转型的一件代表性作品，具有重要的研究价值，它透露给我们的信息可以概括为两个字——融合。

在义乌各地，像"一鉴堂"这样的"湖居"式干阑式民居还保存有若干座，其中较为典型的有雅治街村的翰林第、赤岸镇乔亭村的大夫第等等。

（4）廊桥

廊桥是干阑式建筑体系中的特色建筑。

桥上建廊、建楼，桥就成了廊桥、楼桥；桥上有廊、有楼，桥就变得婀娜多姿，成为一道美丽的风景，所以人们又称廊桥为"花桥"。起初，在桥上建廊的目的或许只是保护木构桥面，然而，桥上有了能够遮蔽风雨的廊，人们就可以在桥上休憩、歌唱、劳作、交易、祭祀，所以，人们又称廊桥为"风雨桥"。廊桥是百越族创造的一种特别适合南方炎热多雨天气的桥梁形式,它为人们的生产与生活带来了多种多样的方便,它的美丽又为人们提供了审美享受。于是,廊桥的功能便由单一的交通功能发展为多元的、混合的功能。

人们对于廊桥功能的多角度开发,使廊桥在人们生活中的地位变得越来越重要,使廊桥深深地融入了民俗之中,融入了人们的意识之中。人们在桥上建廊以保护木构桥面的初衷逐渐地发生变化,在桥上建廊的理由越来越多,"建桥就要建廊"成为一种建筑模式,以至于百越文化区的许多石拱桥、砖拱桥也建成了廊桥。

在干阑文化的大环境中,古代义乌应该建有大量的廊桥。十分遗憾的是,这些美丽的廊桥都没能保存下来。然而,从历史文献中,我们还是能够找到义乌古代廊桥的线索。

绘制于清光绪戊戌年(1898年)的《东江桥图》,留下了义乌古代最壮观的廊桥——东江桥的雄姿。

古代的东江桥位于义乌县城(稠城镇)以东三里左右,横跨义乌江,连接通往东阳县的大路。

据史料记载,在东江桥这个位置原先有一座浮桥,南宋庆元三年(1197年)改建为石桥。南宋淳祐五年(1245年)知县赵圆卿任内重建,改名"兴济桥",并在桥上造房五楹,立东、西两门,由此开启了东江桥作为廊桥的历史。此后,东江桥多次毁于水、火,共经历了26次重建、改建,但始终保持了廊桥的形式。

据《张若霖重建东江桥记》记载,清康熙五十四年(1715年)修建之后的东江桥"桥之广二丈,长四十余丈……覆桥之屋四十楹,广长与桥等"③。这是关于清代东江桥规模较为详细的记载。1987年,在东江桥原址下游约20米处建成了新的东江桥。新桥为石拱桥,宽12米,长145米。两相比较,可以确认清康熙年间的东江桥与今天的东江桥长度大体相当,也就是说,作为廊桥的东江桥,其长度远远超过了100米,这在廊桥家族中是不多见的。

现存的《东江桥图》,见于《义乌古建筑》一书,绘制时间为清光绪戊戌年(1898年)。从图上看,1898年的东江桥依然是一座廊桥。桥为两台七墩八跨。桥上有廊,廊的长度、宽度与桥的长度、宽度相同,桥两端设门,居中的桥墩上方建楼,楼为歇山顶(图4-30)。

从南宋淳祐五年(1245年)到光绪戊戌年(1898年),在长达653年的时间里,作为廊桥的东江桥,经历了20余次修建,在19世纪末,当义乌城

图4-30　绘制于1898年的义乌《东江桥图》

乡民居都已经以地居式院落的传统民居形态出现的时候,它依然保持着干阑式建筑的完整形态。如果不出意外,它应该能够进入 20 世纪,那就完成了从古代到近代到现代的"三代"跨越。

3. 活跃在传统民居中的干阑技术与干阑思维

干阑文化在义乌传统民居中的隐性存在,是思维方式、理念和技术的存在。这主要表现在以下方面:

(1)木结构与榫卯技术

义乌传统民居的"骨架"均为木结构,由木构梁架承重支撑整座建筑。所以,木构架在建筑中的地位举足轻重。传统民居木构架中柱、梁、板的结合均使用榫卯技术,这是干阑式建筑的强项,传统民居将它传承下来了。

(2)木构架承重

义乌传统民居的施工过程是先制作木构架零部件(梁、柱),再拼装木构架、组装屋架,在木构架拼装完成"站立"起来之后,才开始砖墙的砌筑。木构架是建筑的骨架,承载屋顶的重量,而砖墙的作用主要是围合而不是承重。由此,形成了传统民居"墙倒屋不塌"的特点。这种以木构架为骨架的建筑结构,同样是从干阑式民居传承过来的。

(3)建筑木雕

在民居木构件上雕刻图案以及进行立体雕刻,是义乌干阑式民居的传统。义乌传统民居继承了这项传统,并将其发扬光大,成为传统民居中最具文化艺术价值的要素。

(4)全开敞、半开敞空间

民居中安排多种形式的全开敞、半开敞空间,是干阑式民居"避暑热"的有效措施之一。北方民居为了"避严寒",则采取了严密围合的方式。义乌传统民居内设多种形式的全开敞、半开敞空间,由此形成义乌传统民居空间上的一大特点。这显然是源自干阑文化而不是由移民从北方带来的(图 4-31)。

图 4-31　赤岸镇东朱村楼下厅民居开敞的厅堂

（5）高质量的、功能强大的排水系统

义乌传统民居有良好的、功能强大的排水系统。民居屋后及左右两侧均设有排水沟。民居院内，天井是排水系统的枢纽，天井设有环状排水沟，屋顶落下的雨水汇聚于天井后，一部分通过连接外部的暗沟由院子侧面排出，一部分通过暗沟流入前一进的天井，最后由院子前面的排水沟排出。天井地面与排水沟大多为石砌或砖砌，整个系统建筑质量很高，使用数十年以至数百年仍能正常运行。为了在极端天气下确保排水顺畅，一些民居院落的天井做成了下沉式的。功能强大的排水系统使雨水可以及时排出，同时，也提高了民居建筑"避潮湿"的能力。北方民居在排水系统的建设上，一般不会下这么大的功夫高度重视排水并采取有效措施，这种思维应该源自干阑文化。

（6）楼居

义乌传统民居的三合院、四合院、多进式院落，厢房均为两层。陈望道故居是义乌三合院民居的代表，其建筑全部为两层；民居中二楼的房间主要用作卧室，木制谷仓也放置于楼上。干阑式民居一般没有院子，禽畜均关养在居住层下面的架空层。义乌传统民居虽然有了院子，但是猪圈并不放在院子里，而多是布置在室内一层，在通往二层的楼梯下面——从建筑结构到居住使用方式，义乌传统民居都保留着许多干阑文化的特点。

综上所述，我们可以得出这样的结论：义乌传统民居是干阑文化与北方地居文化互相融合的结晶，是一种多元一体的文化，这与中华文明的多元一体是完全一致的。

4．义乌民居发展的规律

回顾义乌民居近万年的发展史，探寻义乌民居发展的规律，我们可以提炼出以下四个关键词，即同质文化、融合、创新、为民。

中华优秀传统文化是中华各民族人民共同创造、认同和践行的多元一体的文化。民居文化是中华优秀传统文化的有机组成部分。

以儒学为核心，中华传统文化融儒、佛、道等多元文化于一体，在发展、演进的过程中，不同地域、不同民族的文化不是互相排斥、互相灭绝，而是互相交流、互相学习、互相融合，逐步形成一个整体。所以，中华文化的各个部分、各个分支既是各具特色的，又是同质的。它们之间的交流与融合，是同质文化之间的交流与融合。

我国各地不同民居文化之间的交流与融合是中华文化不同元素之间的交流与融合，是同质文化之间的交流与融合。

9 000年前的义乌桥头上山文化向着大海的方向流淌，为河姆渡文化、良渚文化所吸收；当第三次海进，良渚人向金衢盆地转移的时候，又将良渚文化带到了义乌；战国后期，在越国称霸的100多年间，义乌的干阑文化持续向北方广大地区传播，两宋之交，北方移民又将北方民居文化带到了义乌，而在移民们带来的北方民居文化中内含着干阑文化的元素，我们不妨将此视为干阑文化元素的"回归"。此后义乌民居文化的发展，则是在义乌这片土地上，南、北民居文化互相学习、互相交流、互相融合的过程。

民居是在不断创新中求得发展的。

创新的原则是适应。

首先，是必须与自然条件相适应。义乌民居在发展的过程中，始终遵循着我们中华民族优秀传统文化中"天人合一"的理念，尊重自然、顺应自然，不逆天而为，而是在自然给定的条件下做功课，通过创新，不断调节、理顺民居与自然的关系。当人的力量还比较弱小的时候，人们创造了避群害、避炎热、避潮湿的干阑式民居，当人的力量增强、解决"三避"矛盾有了更有利的条件、更有效的办法的时候，义乌干阑式民居便与北方民居互相融合，创造出传统民居这样一种居住形式。民居对于自然的适应，还表现在建筑材料的选取上：当森林资源十分丰富的时候，义乌干阑式民居持续发展；当森林资源已经不能满足建房需要的时候，义乌民居中的木板墙逐渐为砖墙所取代。

其次，是适应人的需求。人的需求是多样的，因此民居的功能也就是多元的。人们创造了功能齐全的民居体系，不但有住房，还有戏台、廊桥、宗祠等等，即使是单个的民居建筑体，人们也会赋予它多种功能。人的需求又是在不断变化的，为了适应这一变化，人们对民居不断地进行创新。

为民，是民居建设的根本宗旨。老百姓是民居的建设主体和使用主体，所以民居建设必须坚持为民这一宗旨。民居为民，就必须以满足老百姓的需求为第一要务。封建时代，等级森严，官府对于民居建设有许多规定和限制，这些规定和限制都不是从为民的宗旨出发的，它们阻碍了民居的发展，所以，老百姓就想方设法地打破它们。

中华文明的演进是一个持续的传承与创新的过程。义乌传统民居的形成与发展，既传承了南方干阑文化，也传承了北方地居文化，在传承的同时，通过创新，推进了两种文化的互融。

5. 义乌民居对于外来文化的消化与吸收

近代以来，特别是进入 20 世纪以后，西方建筑文化对义乌传统民居产生了一定的影响，义乌民居文化开始吸收、消化外来的东西。

义乌传统民居对于外来文化的吸收，是以我为主的消化吸收。这种吸收，不离开自己的历史进程，不切断自己的文脉，始终坚持以我为主体。吸收外来文化是为了丰富自己，而不是把人家的肉硬往自己的脸上贴，更不是在照搬照抄中使自己消失。正因为如此，义乌传统民居不但保持了自己的特色与传统，同时也与时俱进地不断丰富着自己。

1924 年建成的吴晗故居的院墙，在中国龙脊式院墙的形式和江南民居"粉墙"的色彩中，融入了一些西方建筑装饰手法，中西合璧而不失中国气象。建于 1932 年的何国元故居（位于城西街道何斯路村）的院墙，也体现出同样的"洋为中用"的精神：何国元故居的院墙刷成了粉红色，院墙上部的灰塑装饰色彩也很艳丽，与义乌传统故居"外朴"的特点大不相同。然而，其装饰图案的主题却依然是传统的：大门上方墙面上灰塑装饰的内容为刘海戏金蟾，其他几幅灰塑装饰的内容则分别为松鹤延年、年年有余（鱼）等（图 4-32 至图 4-34）。

中华文化有强大的吸收与消化能力，通过消化吸收，对外来文化兼收并蓄，中华文化变得更加强大、更加丰富。

图 4-32　吴晗故居围墙

图 4-33　何国元故居

一方面,是中华文化中多元、同质文化之间的互相交流、互相融合;另一方面,是中华文化对于外来文化的消化吸收。这是中华文明演进的基本模式。中华文明的绵延不绝,中华文明的多元一体、丰富多彩,中华文明顽强的生命力与勃勃生机,证明我们的发展模式是科学的。

怀着珍爱与尊重之心,深入发掘,认真总结,摸清我们的历史文化家底,掌握我们中华文化发展的规律,只有在这样的基础上,才有可能开展真正意义上的传

图 4-34　何国元故居院墙上的刘海戏金蟾灰塑

承、弘扬与创新,才有可能使我们的文化发展、城乡建设沿着正确的方向前进。

第三节　清水白木雕——义乌农民精神世界的窗口

在民居建筑的柱、梁、板、方、门、窗、隔扇、雀替等木构件上装饰精美木雕,是义乌传统民居的一大特点、亮点。

义乌民居中的建筑木雕、石雕、砖雕与建筑融为一体,具有极高的文化艺术价值。其中,木雕的文化艺术价值最高。

我国著名建筑学家罗哲文先生曾多次赴黄山八面厅考察。2006 年夏,他在为《黄山八面厅》一书所写的序中,对黄山八面厅的建筑木雕称赞极致:"兴建于清代嘉庆年间的浙江义乌上溪镇黄山村的黄山八面厅……以其严谨的布局、雄伟的构架特别是精美的砖、木、石雕艺术被国务院公布为全国重点文物保护单位……以其精湛的雕刻艺术独领风骚,其中尤以木雕为最。整座建筑除了柱子之外,几乎都布满了雕刻。雕刻的内容极为丰富,均以人物故事和吉祥福寿等为题材以及动植物、山水图画等相配合。雕刻技法娴熟精丽,各种平雕、阴刻、浅浮雕、深浮雕、透雕、圆雕、半圆雕等莫不具备。进入厅来,好似来到了一座古建筑雕刻艺术的博物馆,琳琅满目,美不胜收。"[④]

一、清水白木雕的起源

东阳木雕位列中国四大名雕(东阳木雕、潮州金漆木雕、福州龙眼木雕、温州黄杨木雕)之首,历来备受推崇。东阳木雕的一大特点是"清水白木",即木雕作品雕刻完成之后,不着色、不上漆,以木料的天然色泽、花纹与质地配合精湛的雕刻技艺,自然纯朴而又典雅清丽,让人想起李白"清水出芙蓉"的名句。故而,人们以"清水白木雕"称之。

义乌盛产香樟,建筑木雕就地取材,多以樟木为原料。樟木木纹美丽,气味芳香,具有防蛀蚀的特性。义乌传统民居中的建筑木雕,虽然不上油漆,却能够经历数百年时间而保持其绰约的风姿。

义乌民居中的建筑木雕,均出自东阳和义乌本地工匠之手,是东阳木雕宝库中的一枝奇葩。

义乌民居中"清水白木雕"的起源,至迟可以追溯到距今 7 000 年的河姆渡文化时期:在河姆渡文化遗址中发掘出的干阑式建筑木构件(枋柱)上,人们发现了雕刻精美的木雕。这是义乌传统民居建筑木雕起源于河姆渡文化时期、起源于干阑式建筑最为有力的证据。

在河姆渡文化遗址中,考古工作者还发现了六支船桨,其中的一支船桨桨柄上雕刻有斜线与横线交叉的纹饰。这让人联想起在义乌桥头上山文化遗址中发现的带有装饰花纹的陶器——人们在制作物品、用具的时候,总是同时把自己对于美的追求、想象加入进去。对于百越族先民来说,干阑屋是他们非常重要的大型产品,对其加以雕刻装饰是很自然的事情。

在关于义乌古代最为著名的廊桥——东江桥的文献记载中,有"雕梁画栋"的记述;在今存的义乌古戏台和湖居式干阑式建筑中,更可以看到大量精美的建筑木雕。从河姆渡文化,到古代、近代、现代,建筑木雕在义乌干阑式建筑中发展的脉络从未中断。显然,义乌传统民居中的"清水白木雕"来源于义乌的干阑文化。

二、义乌清水白木雕的题材和内容

义乌民居建筑木雕的题材十分广泛,人物、山水、花鸟虫鱼、瑞兽珍禽,无所不包;历史故事、儒学、道教、佛教故事和神话、民间传说以及《山海经》《世说新语》《史记》《三国演义》《水浒传》《封神榜》《说唐》《杨家将》等典籍和文学作品、戏曲作品中的情节,应有尽有;城乡生活特别是农村生活的风俗场景,更是义乌传统民居木雕作品的重要题材。可以说,农民物质生活与精神生活中的方方面面,都是义乌传统民居建筑木雕的素材,都在义乌传统民居建筑木雕中得到了生动形象的表现。

三、义乌清水白木雕是义乌农民精神世界的窗口

义乌传统民居建筑木雕是中华优秀传统文化的一朵奇葩。

以儒学为核心,融道教、佛教等文化于一体的中华传统文化博大精深,是我们中华民族的精神食粮。中华传统文化注重人与天、人与人(包括人与家庭、社会、国家)和人与自己内心的关系,提出了处理这些关系的衡量标准(或者说是要达到的理想境界)——和。在人与自然的关系方面,追求天人合一;在人与人的关系方面,不搞个人至上的个人主义,而是强调群体为先,强调个人对家庭、社会、国家的责任,在尽责的前提下,达到家庭和睦、社会和谐、国家统一;在人与自己内心的关系方面,追求心安,追求平和。

中华优秀传统文化的思维方式,以全面和变化为主要特点。以具有朴素辩证法思想的阴阳五行说为代表,认为相关事物之间是相辅相成、相生相克的,互相矛盾着的事物在运动中的地位是会互相转化的。在中国农民家庭中张贴着、雕刻着、悬挂着的"太极图",就是这种思维方式的形象表达。

学者、文人、政治家将中华文化写入典籍,世代传承。作为中华文化的创造者、传承者和践行者,义乌农民选择了清水白木雕,用雕刀把自己对于中华传统文化的理解、把承载着中华传统文化的故事以及自己的生活、自己对于美好生活的向往,雕刻在了自家居处的木构件上。

所以,清水白木雕是义乌农村生活的一部百科全书,是义乌农民精神世界的一个窗口。这个窗口所展现的是中国农民心中的中华传统文化。

因此,清水白木雕也是藏在义乌传统民居中的一部中华文化巨著。

四、义乌清水白木雕的思想文化内涵

义乌民居建筑木雕的思想文化内涵非常丰富。我们在这里主要谈四个方面:祈福与教化、爱国主义精神、人文精神和创新精神。

1. 祈福与教化

早在史前时期的图腾崇拜中,人们就开始把某种动物(存在的或想象中的)当作自己族群的象征或保护神,认为它能带来吉祥、好运,甚至逢凶化吉。我国南方百越族先民崇拜自然神,山、水、草、木、飞禽走兽皆被视为神,都视作能降福于人。久而久之,那些山、水、草、木、飞禽走兽便与一定的意义联系在一起,人们约定俗成地借助它们来表达自己对于美好生活的愿望或祝福,吉祥图案便由此而产生并不断地得到丰富。

吉祥图案的使用非常广泛,在民间的剪纸、刺绣、彩绘、年画、陶器、瓷器装饰等等日用品、工艺品中,吉祥图案几乎是无处不在,它深深地融入了人民大众的生活,为人民群众所喜闻乐见,人民群众也在使用与欣赏中不断地丰富它、发展它。至明清时期,吉祥图案的发展达到鼎盛时期,这也正是义乌建筑木雕发展的鼎盛期。

在义乌清水白木雕中,以吉祥图案为主的祈福作品可谓俯拾皆是。象征着吉祥幸福的动物、植物或是它们的组合,借助于同音字、谐音字和比喻的手法,与成语、歇后语、双关语以及民间吉利话结合起来,共同构建起一个巨大的表达系统:喜鹊代表喜庆,两只喜鹊落在梅枝上,其含意便是"喜上眉(梅)梢";"荷"与"和"同音,荷花、荷叶便代表和谐、和睦、和气;松、鹤代表长寿,二者组合在一起就是"松鹤延年";狮子是佛教中的神物,它来到义乌传统民居建筑木雕中,也被赋予了新的含义——"狮"与"师"同音,我国古代官职有太师、少师,所以,在檐柱牛腿上雕刻狮子,表达的就是家中会出大官的愿望;"鹿"与"禄"同音,所以人们用鹿的形象来代表财富、钱财;蝙蝠的"蝠"与"福"同音,蝙蝠就成了福气的象征;"鸡"与"吉"同音,鸡的形象在建筑木雕中所表示的就是大吉大利。除了动物、植物之外,人们还创造出一些专门赐福与人的神,他们各司其职、分工明确,如老寿星、财神、送子娘娘、月下老人等等(图4-35至图4-40)。

图4-35 年年有余

图4-36 双狮送福

图4-37 仙鹤延年

图4-38 狮子绣球

图 4-39　荷花鸳鸯——和美和睦

生活是艰难的，然而，由于有了美好愿望相陪伴，人们增强了生活下去的勇气；在艰难苦涩的生活之中，往往也会有欢乐的时刻，这又更进一步增强了人们对于美好生活的向往。滋养中国农民吃苦耐劳、坚忍不拔、顽强拼搏精神的，正是他们对于幸福人生的向往与追求。

义乌的传统民居建筑非常注重教化功能，其外观简洁朴实、方方正正；内部功能按照对称的规则布置，同样是方方正正、空间秩序严格，营造出一股浩然正气。厅堂的名字均来自儒学经典，其中以"德""义""和"居多，如慎德堂、培德堂、致德堂、顺德堂、仁和堂、协和堂、萃和堂、敬义堂、集义堂等，加上

图 4-40　大吉大利

同样是宣扬儒学思想的匾额、楹联，共同规定了民居的思想文化内涵，其主题可以用四个字来概括：耕读传家。民居中人，如果读书，就走刻苦攻读、求取功名的修身齐家治国平天下的路；如果种田，就应该诚恳朴实、不辞劳苦——这是义乌建筑木雕所处的物质环境和文化环境。读懂了这个环境，才能对义乌建筑木雕的思想文化内涵有更透彻的了解（图 4-41、图 4-42）。

图 4-41　杜门书院内景

图 4-42　培德堂内景

祈福与教化之间并没有严格的界限,它们常常是互相为用的。祈福表达的是人们对于美好生活的祝愿,而一个祝愿的提出,也是一个价值取向的确立、一个奋斗目标的设定。

在义乌清水白木雕中,教化的、劝喻的作品为人们树立起道德规范、行为规范,"忠、孝、节、义"教育,是其最核心、最基本的内容。在吴棋记民居中,建筑木雕以双犬、双羊、双虎、双马的形象来隐喻"忠、孝、节、义"(人们认为犬、羊、虎、马分别具有忠、孝、节、义的优秀品质)。黄山八面厅天花板建筑木雕中,有《青蛙白菜图》,其寓意为"清清白白",提醒人们以此自律,做人、做事都要清白;该厅檐柱牛腿上,有一副《张飞打督邮》的作品,告诫人们当了官不要作威作福、不要欺压百姓,否则不会有好报。在何宅村一处民居中,则以木雕书法作品的方式直接表达教化的内容——《蹈德咏仁》(图4-43 至图 4-45)。

图 4-43　青蛙白菜——清清白白

图 4-44　《张飞打督邮》作品

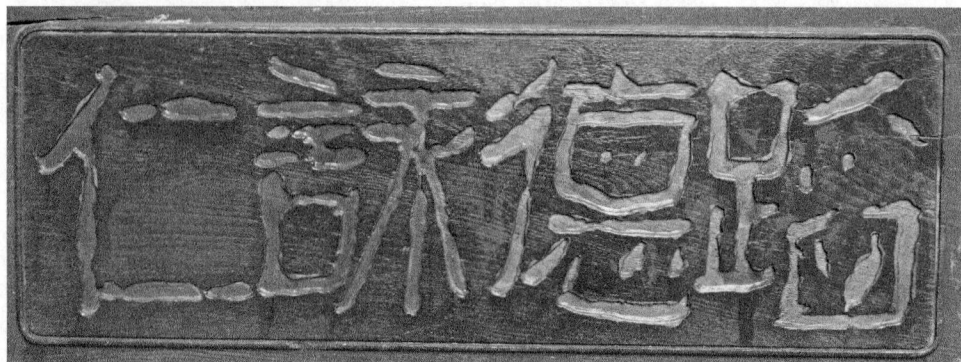

图 4-45　木雕书法作品——《蹈德咏仁》

2. 爱国主义精神

爱国主义在义乌传统文化、义乌精神中,占据着主导地位。很自然爱国主义也就成为义乌清水白木雕的重要内容,其取材多来自历史人物、历史故事或戏曲场景。保家卫国的民族英雄岳飞、杨家将是木雕工匠最喜爱的题材,无论是刻画人物形象还是展现战争场面,他们都倾注极大的热情,将英雄人物刻画得栩栩如生(图4-46至图4-50)。

图4-46 八面厅
杨家将群像(一)

图4-47 八面厅
杨家将群像(二)

图4-48 吴棋记民居檐柱
牛腿上的穆桂英形象

图4-49 尚阳村民居木雕中岳家军与金兵作战场景(大旗上书"精忠报国")

3. 人文精神

人文精神是义乌清水白木雕的主旋律。

人文精神是中华文明具有根本性意义的思想内涵。人文精神的核心是以人为中心,是对人的尊崇、对人民的尊崇。《尚书·泰誓上》云:"惟天地,万物父母;惟人,万物之灵。"将人与天地相提并论,尊崇人为万物之灵。老子将人和道、天、地并列为四大,说:"故道大,天大,地大,人亦大。域中有四大,而人居其一焉。人法地,地法天,天法道,道法自然。"⑤《礼记·礼运》对人的描述是:"故人者,其天地之德,阴阳之交,鬼神之会,五行之秀

图4-50 小将岳云(尚阳村)

气也。"《说文解字》对于"人"这个字的解释则是："人，天地之性最贵者也。"孟子说得更为直率："民为贵，社稷次之，君为轻。"

　　义乌农民、农民工匠们继承了中华文明的人文主义传统，在建筑木雕中，他们放开手脚，打造出一片属于他们自己的、完全不同于官方艺术或宗教艺术的自由天地，充分地展现出他们的自尊与自信。

　　当西方人文主义、现实主义的艺术大师米开朗基罗、拉斐尔、库尔贝、米勒、罗丹和列宾他们冲破神学的束缚，打破宗教画、宫廷画的程式，把圣母、圣子画成凡人模样，把农妇和纤夫当作自己画作中主角的时候，在义乌清水白木雕中，工匠们早已将农民和农民的劳作、农民的日常生活展现在了自己的木雕作品之中。雅留村某民居门厅和厢房隔扇上，以连续24幅木雕作品描绘了农民种植水稻和养蚕、制衣的全过程，前者包括浸种、犁田、播种、施肥、插秧、灌溉、收割到收割下来的庄稼登场、打场直至谷物入仓的各个环节；后者包括浴蚕、大眠、二眠、采桑、煮茧直到纺纱、染色、织布、制衣的各个环节。在这些农事劳作场景中，农民是主体，没有什么神仙指点、英雄发威，农民知道他们自己应该做什么、怎么做。在吴棋记民居中，农民的形象占据了大厅檐柱牛腿的显要位置，与一向出现在这个最为显贵位置的狮子、神仙、文臣武将们同样高大、突出（图4-51至图4-53）。

图4-51　耕作图

图4-52　吴棋记民居中的耕读图

图4-53　吴棋记民居中的渔樵图

与此相对应的是，在义乌清水白木雕中，工匠们并不按照寺庙里神仙的样子去雕刻神仙，而是按照自己的样子——农民的样子雕刻神仙，他们雕刻出来的神仙与寺庙里的神仙大不相同。在他们的手中，神仙被还原为人——与农民自己一样的人。在黄山八面厅木雕中，大慈大悲的观音菩萨（送子观音），其形象如同一位和善慈爱的农家大嫂，她既不脚踏莲花，也不设置童子侍立的依仗；喜神则喜形于色，手舞足蹈，像一位兴奋的农夫。稠城街道森屋村水阁楼木雕中的寿星，背有点驼，左手擎一枚仙桃，慈祥地微笑，如同村子里一位可爱可亲的老翁。佛堂镇塘下洋村敦厚堂木柱牛腿上站立着的老神仙，长须飘动，和悦的微笑中略带几分狡黠，完全是一副饱经世故的、睿智的农村老头儿形象。佛堂镇植槐堂木雕中的和仙，十足像一个顽皮的农村孩子……所有这些为人们送子、送财、送福的神仙，他们的眉宇间都没有丝毫的骄矜、高傲和冷漠，从他们的表情看，他们并没有因为自己为人们送来了幸福而以恩赐者自居，他们既不拒人于千里之外，也不故做悲天悯人之状（图4-54至图4-57）。

图4-54　黄山八面厅木雕中的送子观音

图4-55　稠城街道森屋村水阁楼木雕中的寿星形象

图4-56　佛堂镇塘下洋村敦厚堂木雕中的老神仙形象

图4-57　佛堂镇植槐堂和仙形象

在义乌清水白木雕中,工匠们可以说是完全按照自己的价值取向来雕刻神仙——他们喜欢、希望神仙是什么样子,就把神仙雕刻成什么样子。

4. 创新精神

跟随着现实生活前进的脚步,义乌清水白木雕的题材、内容、图案都在不断地更新、创新。工匠们非常注重捕捉现实生活中新的东西,将其纳入自己的新作。于是,义乌民居中的木雕能够保持勃勃生机,与时代同行。明代的建筑木雕中很少出现人物,而到了清代,人物形象以不可阻挡之势成为建筑木雕中的绝对主角;当自鸣钟还是农村中的稀罕物时,缸窑村谦受堂中隔扇上的木雕已经出现了一系列自鸣钟的造型,精细的工匠特别留心,让整齐排列的这些计时器走在不同的时间点上(图4-58)。

图 4-58　谦受堂自鸣钟木雕

前傅村承吉堂建成于清道光二十三年(1843年),此时,清政府在第一次鸦片战争中惨败,与英国侵略者签订了丧权辱国的《南京条约》,全国人民对于清政府的腐败无能极为愤恨。这种情绪在承吉堂建筑木雕中得到了表现:工匠在天花板上雕刻了一幅盘龙图案,在厅堂横梁上雕刻了一幅双凤图。历朝历代均有严格规定,只有王族才被允许使用龙、凤图案作为装饰。义乌乡间的承吉堂中竟然出现了龙、凤图案,按律是要治罪的。工匠们"明知故犯",反映出他们对于清政府的愤怒已经达到极点,同时,也反映出:处于内外交困中的清政府,其统治力、控制力已大不如前(图4-59、图4-60)。

图 4-59　承吉堂盘龙图

图 4-60　承吉堂双凤图（部分）

承吉堂厅堂横梁上还有一幅木雕同样引人注目，那是一幅鲲鹏展翅图。与传统的寓意鹏程万里的祈福图案不同的是，这一幅鲲鹏展翅图中的大鸟，不再是悠然自得的样子，不再是那样轻松地舒展开自己宽大的双翼，工匠抓住大鹏开始收紧双翅、准备奋力高飞的那一刹那，使整个画面呈现出一种紧张的气氛，大鹏双翅的线条显得极有张力。在这只即将冲天怒飞的大鹏身上，我们同样可以感受到工匠们所要表达的东西——他们的愤怒（图 4-61）。

图 4-61　承吉堂鲲鹏展翅图

五、义乌清水白木雕的艺术成就

作为农民的艺术创造，义乌清水白木雕继承了《诗经·小雅》之风，总体上呈现出"欣欣和悦"的艺术风格。

农民的日子是艰辛的，但他们永远怀揣着美好的希望，他们总是能够在艰辛中发现欢欣。义乌民居建筑木雕所营造的和谐欢欣的氛围，让人们感受到他们内心的力量。狮是义乌建筑木雕中大量出现的艺术形象，义乌建筑木雕中的狮子与衙门口的狮子很不一样，它们威而不凶，又常常带着小狮子，与其玩耍嬉戏，更增添了几分温柔。即使是两将阵前交锋的激战场面，在工匠的雕刀之下，也更多美感而不显恐怖血腥（图 4-62）。

图 4-62　陈望道故居
木门木雕——张飞战马超

1. 精湛精美

义乌清水白木雕达到了很高的艺术水平,素以精湛精美著称。木雕构思巧妙,布局严谨,技法娴熟,雕刻工匠将唐诗宋词、中国画和书法艺术的意境与表现手法引入木雕,创造出大量形象生动、意境深远的佳作,使建筑木雕升华为艺术品。

2. 结构宏大

结构宏大、繁而不乱,是义乌清水白木雕的又一大特点。许多义乌传统民居都是无木不雕,木构件上饰满美丽的雕刻,却能做到秩序井然,充分显示出木雕工匠高超的结构布局能力。

义乌传统民居的木雕均以大厅檐柱牛腿的木雕为核心,向左右、向上、向后展开,既讲究对称美,又力求自由灵活、丰富多变。柱上的、梁上的、门窗上的、栏杆上的雕饰汇成海洋,波涛连天,气势磅礴,身处其间,使你感到震撼的不仅是艺术的力量,更是那些无名的木雕工匠心灵的、才华的力量(图4-63至图4-65)。

图4-63　八面厅满堂雕

图4-64　梁架木雕

图4-65　满堂雕局部

3. 拥有大量精品杰作

如果将义乌清水白木雕仅仅看作农村工匠永远重复画本的刻板之作,只舍得给个手艺精巧的评价,那是很不公平的。在义乌清水白木雕中,程式化的作品固然有之,然而,却也存在着大量的精品杰作。这些精品杰作,是工匠们心血的结晶,完全有资格进入木刻艺术精品的大雅之堂,完全可以与艺术大师们的杰作比肩而立。

人物和人物活动场景的展现,是义乌清水白木雕的强项。黄山八面厅中牛腿上的一幅木雕堪称上品。木雕说的是三国故事,诸葛亮初到刘备军中,忽报曹操差夏侯惇引兵10万,杀奔新野来了。刘备请诸葛亮调兵遣将,关、张二人不服,与诸葛亮发生矛盾。木雕画面上,诸葛亮、刘备、关云长三人都很低调,低着头,或坐或立,只有张飞很夸张地摊开双臂,高声大嗓地说话。熟悉三国故事的人都知道,他这时说的是:"我们都去厮杀,你却在家里坐地,好自在!"他的战马也很配合他,在一旁不停地用前蹄刨地。画面中四个人,张飞的张狂和另外三人的低调形成鲜明对比,把张飞粗率的性格表现得淋漓尽致,营造出颇有几分紧张的喜剧气氛(图4-66)。

图4-66 三国故事

黄山八面厅中的十二花神雕像,被人们誉为东阳木雕的巅峰之作,而八面厅中的那四尊刘海雕像,更是造型准确、气韵流动、神态逼真、惟妙惟肖(图4-67至图4-70)。

图4-67 八面厅刘海(一)

图4-68 八面厅刘海(二)

图 4-69　八面厅刘海（三）　　　　　　　图 4-70　八面厅刘海（四）

帝王将相宁有种乎？艺术大师宁有种乎？

木雕工匠之间是有竞争的。每一个工匠都想有一手绝活，除了加紧手上工夫的磨炼、提高之外，他们更注重观察生活，体察人的音容笑貌和神态举动的细微变化，他们还努力捕捉戏曲演员们表演时精彩的瞬间，将其"定格"在自己的木雕作品中。即使仅以清代计，积数百年、一代又一代工匠的持续不懈地钻研、磨砺与创新，精品力作的出现、艺术大师的崛起，难道不是很自然的事吗？

义乌清水白木雕是农民创作、为农民服务的，它与民歌一样，是农民自己在说话，是农民在用自己的语言表达自己的内心、讲述自己的生活，它也滋养、陶冶着一代又一代农民。因此，义乌清水白木雕具有特别重要的历史文化价值，它为我们认识中国农民、了解中国农民成长的环境和他们所汲取的营养，提供了极其宝贵的素材和依据。

注释

① 李先逵：《干栏式苗居建筑》，中国建筑工业出版社，2005。
② 黄美燕：《义乌家园文化》，浙江人民出版社，2010。
③ 引自《义乌市城乡建设志》。
④ 吴高彬：《黄山八面厅：建筑与雕刻艺术》，文物出版社，2010。
⑤ 见《道德经》第二十五章。

第五章 《共产党宣言》与义乌奇迹

1840年，英国帝国主义用他们的坚船利炮，轰开了中国的大门。自此以后，列强接二连三地打上门来，不平等条约一个又一个地签订，有着五千年辉煌历史、灿烂文明的中华民族，沦落为别人刀下的一块肉。国将不国、无以为家的危险，越来越紧迫地摆在了中国人的面前。

原来的路，走不通了。在历史的拷问之下，中国人开始选择新路。

最初的选择是向西方学习。我们学得很努力、很虔诚。然而，很快就发现，这条路行不通。

我们所有的努力均以失败告终：洋务运动开出的北洋水师之花，在甲午战争中沉入海底；百日维新的各项新法，换来的是变法先驱的人头落地；辛亥革命、建立共和、人民欢庆的鞭炮声犹在耳，袁世凯已经登基当了皇帝。接下来是军阀混战、城头变幻大王旗。

我们拜西方为师，西方的老师们也表示很愿意教我们。但是，让我们寒心的是，老师们总是在我们意想不到的时候从背后或者干脆从正面砍我们一刀；他们教我们自由、平等、博爱，却从来也不对我们平等、博爱，他们自由地抢夺我们，我们只有被抢夺的自由，我们打了胜仗，他们照样在巴黎和会上像分切蛋糕一样分切我们的国土。

暗夜沉沉，路在何方？

博大精深的中华文化需要注入新的元素，需要新的主义、新的思想。那新的元素、主义、思想又在何方？

十月革命一声炮响，给我们送来了马克思主义。

中国先进的知识分子，代表中华民族把他们选择的目光投向了马克思主义。

从此开始了马克思主义在中国的传播，开始了中国优秀传统文化与马克思主义的融合，开始了马克思主义的中国化进程。

同时，也就开始了中国文化向现代化转型的进程。

中国开始转型，义乌也开始转型。

第一节 《共产党宣言》与义乌当代三杰

陈望道、冯雪峰、吴晗，这三位从义乌穷乡僻壤中走出来的大文人，并称"义乌当代三杰"。从陈望道开始,他们三个人的生命历程都与《共产党宣言》、马克思主义紧紧地联系在一起。

一、陈望道

陈望道(1891—1977),《共产党宣言》中文首译本译者、现代著名思想家、社会活动家、语言学家、教育家。义乌市分水塘村人。原名明融,号参一。

分水塘村位于义乌市西北部的群山之间,村中有一口水塘,塘水一半流向义乌,一半流向浦江,村庄即因此得名。

陈望道的祖父是种植蓼蓝并以此为原料加工靛青(染料)的农民。村中当时有许多农民从事蓼蓝种植,但因未能很好地掌握加工技术,收入很低甚至亏本。陈望道的祖父工艺独到,收益较高,邻近的农民都将种植的蓼蓝卖给他家。陈家因之逐渐富裕起来。陈望道的父亲深受没有文化之苦,将陈望道兄弟三人都送入学校读书。

陈望道6岁入分水塘村私塾就读,16岁入义乌绣湖书院,18岁进浙江省立金华府中学堂。此后,就读于浙江之江大学。1915年赴日本留学,先后就读于东亚预备学校、早稻田大学、东洋大学、中央大学,获日本中央大学法学学士学位。

在日本留学四年半的时间里,陈望道结识了日本著名进步学者河上肇、山川均等,开始接触马克思主义,向往俄国十月革命的道路。

1919年"五四运动"爆发后,陈望道回国。同年6月,应聘到浙江第一师范学校(下文简称"一师")任语文老师。一师是一所具有进步思想和革新精神的学校,采取"与时俱进"的教学方针,在全国首创学生自治、职员专伍、国文教授。陈望道与进步师生一起,积极投身于"五四新文化运动",反对旧道德、旧文学,提倡新道德、新文学、白话文,提倡思想解放、自由平等。顽固势力将他与夏丏尊、刘大白、李次九三人并列,称为"四大金刚"。当局以"非孝""废孔"甚至以"共产、共妻"的罪名,责令一师校长经亨颐将他们撤职查办,遭到经校长和全体师生强烈反对。同年12月,浙江省教育厅利用寒假将校长撤换,学生闻讯后回校抗议。当局出动军警包围学校,与学生对峙。"一师风潮"得到全国各地声援,当局不得不收回成命。

"一师风潮"后,陈望道意识到:解决中国的问题应该从制度上进行根本改革。因此,必须有一个更高的判别准绳,这便是马克思主义。

在当时的历史条件下,马克思主义在中国的传播面临许多困难,在中文译本出现之前,虽然有不少人做过《共产党宣言》的介绍工作,但仅限于摘录,所使用的也多是半文半白的语言。如何打破传播的障碍,将马克思主义经典著作完整地翻译成白话文,成为马克思主义进入中国和中国革命的关键问题。

位于上海的《星期评论》社,为了出版中文版的《共产党宣言》,多方寻找合适的译者。陈望道对马克思主义有较为深入的了解,精通一门外语,同时,他有很高的汉语言文学素养。翻译《共产党宣言》的重任,落在了他的肩上。

应《星期评论》社的约请,他担负起了翻译《共产党宣言》这一重大的历史使命。

1920年早春，他回到故乡义乌分水塘村，隐蔽在一间小柴房里，依据英文本和日文本开始了他的翻译工作。1920年4月末，翻译工作完成，他带着书稿赶往上海，应陈独秀的邀请，参加《新青年》杂志的编辑工作。在上海，他参加了马克思主义研究会（即上海共产主义小组），积极参与筹建中国社会主义青年团和召开中国共产党第一次代表大会的筹备工作（图5-1至图5-4）。

图5-1 "五四"时期的陈望道

图5-2 义乌分水塘村陈望道故居

图5-3 陈望道故居厅堂

图5-4 陈望道故居雕花木门

陈望道翻译的《共产党宣言》书稿全文由陈独秀与李汉俊做了校阅。为了出版这本书，陈独秀做了很多努力，共产国际的代表维经斯基也给予了大力帮助。维经斯基到中国来的任务是与中国的共产主义者商讨在中国建立共产党的事宜。他从带来的共产国际的经费中拨出一些钱，用以资助《共产党宣言》中文首译本的出版。

为了出版这本书，在上海辣斐德路成裕里12号，专门开办了一所名叫"又新"的小印刷所。1920年8月，《共产党宣言》第一个中文全译本在这里问世。对于中国革命来说，这是一件具有历史意义的大事；对于共产国际来说，这同样是一件大事。1920年8月17日，维经斯基在给共产国际的信中说：中国不仅成立了共产党发起小组，而且正式出版了《共产党宣言》。

《共产党宣言》初版本为竖排、小32开，水红色封面印有马克思像。除大字书名外，封面还印着"社会主义研究小丛书第一种，共产党宣言，马格斯、安格尔斯合著，陈望道译"等几行小字。书末版权页上印有"一千九百二十年八月出版""印刷及发

图 5-5　陈望道译《共产党宣言》
第一版本——1920 年 8 月版

行者:社会主义研究社""定价:大洋一角"等字样（图 5-5）。

《共产党宣言》第一个中文全译本的问世,在社会上,特别是在文化思想界引起强烈反响,首次印刷的 1 000 本,很快售罄。1920 年 9 月重印,旋即售罄。除"又新"印刷所之外,平民书社、上海书店、国光书店、长江书店和新文化书社等出版单位也都大量出版陈望道翻译的《共产党宣言》,到 1926 年 5 月,累计重印 17 版。

作为我国出版的第一部中文本的马克思主义经典原著,《共产党宣言》中文全译本的刊行,对马克思主义在中国的传播发挥了巨大的作用,为中国共产党的创建提供了思想和理论上的准备。毛泽东等我国老一辈革命家,从中获取了思想飞跃的动力。鲁迅先生曾经称赞陈望道说:"现在大家都在议论什么'过激主义'来了,但就没有人切切实实地把这个'主义'真正介绍到国内来,其实这倒是当前最紧要的工作。望道在杭州大闹了一阵之后,这次埋头苦干,把这本书译出来,对中国做了一件好事。"

1920 年 8 月,上海共产主义小组在上海法租界老渔阳里 2 号《新青年》编辑部成立。这是中国第一个共产党组织。在中国共产党第一次全国代表大会召开前,先后参加这一组织的有十余人,陈望道是其中之一。

上海共产主义小组实际上担负起了成立中国共产党的发起组、筹备组的任务。陈望道作为这个小组的负责人之一,为中国共产党的创建做出了重要的贡献。

除了主持并将《新青年》杂志办成共产主义小组的机关刊物之外,陈望道还与邵力子一起,把《民国日报》副刊《觉悟》办成了上海共产主义小组的外围刊物。同时,他又翻译了《空想的和科学的社会主义》一书,发表了《马克思的唯物史观》《唯物史观的解释》和《个人主义与社会主义》等文章,宣传、介绍马克思主义,并对梁启超、张东荪等人攻击马克思主义、鼓吹基尔特社会主义的言论进行了批判。

陈望道参加了上海共产主义小组出版的内部理论刊物《共产党》月刊和《劳动界》的创刊和编辑工作,为中国共产党的创建做思想上、理论上的准备。

陈望道为中国共产党的创建做了大量的群众工作和干部培养工作:在组织工人运动方面,他担任上海共产主义小组劳工部部长。1920 年 5 月 1 日,他和陈独秀、施存统共同发起和组织了"五一"国际劳动节纪念大会,这是中国工人阶级纪念自己节日的第一次集会。次年 5 月 1 日,他参与组织了"五一"纪念活动。1920 年 11 月、12 月,他参与了上海机器工会、印刷工会及纺织工会、邮电工会的筹建工作,深入到沪西工人区,开办工人夜校和平民女校,宣讲社会改革、劳工神圣、劳工联合,提倡妇女解放。他还参与了上海社会主义青年团的筹建工作。社会主义青年团于 1920 年 8 月 22 日成立,其中央机关设在霞飞路新渔阳里 6 号,他是该组织早期负责人之一。他还参与了上海外国语学社的活动,该学社实际上是共产主义的干部学校。

1921年7月,中国共产党第一次全国代表大会(下文简称"中共一大")召开,中国共产党成立。陈望道作为中国共产党最早的五名党员之一,被推举为上海地区出席中共一大的代表。中共一大后,陈望道出任中共上海地方委员会书记。

作为中共一大代表,陈望道没有出席党的第一次全国代表大会。1923年中共三大后,陈望道离开了党组织。他之所以没有出席中共一大和决定离开党组织,基于同样的原因,即他不满陈独秀的家长作风。党组织曾指定沈雁冰(茅盾)去对陈望道进行劝说。沈雁冰后来回忆说:"陈却不愿。他对我说:'你和我多年交情,你知道我的为人。我既是反对陈独秀的家长作风而要退党,陈独秀的家长作风依然如故,我如何又取消退党呢?我信仰共产主义终身不变,愿为共产主义事业贡献我的力量。我在党外为党效劳也许比党内更方便。'"

陈望道言行如一。他虽然暂时离开了党的组织,但对党组织交给他的各项任务,他都不避风险、不畏艰辛地努力完成。

1923年,陈望道受党的委托出任上海大学教务长,1925年后代理校长工作。上海大学是中国共产党为自己培养干部的一所学校,陈望道在上海大学倡导民主之风,为学生创造活泼生动的学习环境,学校的学术研究也非常活跃,仅研究文艺的学术组织就有春风文学会、青风文学会、湖波文艺研究会等等。当时,在上海,上海大学的教学内容、教学方法和学校管理均别具一格。在上海大学学生眼里,给他们讲课的老师都是最新潮的人物,老师们的言论、思想、风采和才干给学生们留下一生难忘的印象。在陈望道影响下,上海大学的学生几乎全部参加了"五卅"运动,在运动中发挥了很大的作用。北伐战争后期,陈望道和上海大学师生一起,参加了上海工人第三次武装起义。

陈望道在上海大学工作四年,为党培养了许多优秀的干部,著名作家阳翰笙、丁玲等都是上海大学毕业生。

大革命失败后,上海大学被查封,陈望道转任复旦大学中文系主任。在复旦大学,他与汪馥泉一起筹建大江书铺,出版进步书刊,宣传马克思主义,介绍先进的科学文艺理论。1929—1930年,他受中共地下党委派,创办中华艺术大学,任校长。

1931年,因保护"左"派学生,国民党政府密令对陈望道进行暗害,他被迫离开复旦大学,从事著述。1932年,他的修辞学巨著《修辞学发凡》正式出版。

1931年"九一八"事变后,全国各地、各阶层人民掀起了抗日民主运动的浪潮。在中共地下党组织的领导下,陈望道积极团结各界爱国人士,开展抗日救国斗争。1932年1月17日,陈望道等35人发起组织成立了中国著作者协会。该协会的纲领是"争取自由,反抗压迫,保障生活,反帝反封建反法西斯,以集团的力量促进文化事业的发展"。1932年"一·二八"事变后,陈望道与上海文化界精英茅盾、鲁迅、叶圣陶等43人联合发表《上海文化界告世界书》,并组织成立了"中国著作家抗日会",选举出17人组成执行委员会,陈望道被选为秘书长。《上海文化界告世界书》宣告:"我们坚决反对帝国主义瓜分中国的战争,反对强加于中国民众的任何压迫,反对中国政府的对日妥协,以及压迫革命的群众。"当时,国民党在白区加紧文化"围剿",提出"尊孔读经""文言复兴"。1934 年 6 月,陈望道与乐嗣炳、胡愈之、夏丏尊等在上海共同发起"大众语"运动,他们轮流在《申报·自由谈》上发表文章,反对提倡文言文,同时对当时白话文运动中出现的脱离群众的倾向也提出批评,提出:白话文应进一步接近群众的口语,而"大众语"就是"大众说得出、听得懂、看得明白、写得顺手"的语言;他们还提出了"建立真正以群众语言为基础的'大众语文学'"的主张。为了推动大众语运动,在鲁迅的支持下,陈望道创办了《太白》半月刊,先后发表了《关于大众语文学的建设》《大众语论》《这一次白话和文言的论战》等多篇文章,与林语堂等人展开针锋相对的斗争,并对"大众语"的性质等问题提出了许多建设性的意见。这一讨论,扩及全国,主张文言复兴的论调遭到强力反击后销声匿迹。一年后,《太白》被迫停刊,陈望道应邀到广西大学任中文科主任。

1937 年,抗战爆发后,陈望道回到上海,参加中共领导的上海文化界抗日联谊会。1938 年,在中共办的社会科学讲习所任教。他提倡拉丁化新文字运动,发起组织"上海语文学会""上海语文教育学会"等进步团体,并主编《每日译报》《语文周刊》。上海沦陷后,他的抗日救亡活动为汪伪政府所不容,为免遭特务迫害,1940 年秋,他取道香港,转赴重庆,在内迁的复旦大学中文系任教,后任新闻系主任。

在担任复旦大学新闻系主任的八年间,陈望道为我国新闻事业的创建付出了艰辛的劳动。新闻系成为该校民主力量最强的一个系。他还筹建了新闻馆,该馆成为复旦大学进步师生争取民主的重要活动场所。

抗战胜利后,陈望道随回迁的复旦大学回到上海。1947 年年初,他参加了中共地下党领导的上海地区大学教授联谊会,投入反内战、反独霸、反饥饿等民主革命活动中。他曾任该联谊会理事会主席。

1948 年秋,国民党教育部策划将复旦大学迁往台湾,遭到全校师生的坚决反对。复旦大学师生成立了应变委员会,陈望道担任副主席。他团结广大师生,努力做好护校工作,准备迎接解放。1949 年 4 月,国民党大肆逮捕屠杀爱国民主人士,陈望道被列入黑名单。复旦大学中共地下党组织通知他即刻转移。陈望道被转移到叶波澄家中。1949 年 5 月 25 日,上海解放。

中华人民共和国成立后,陈望道历任华东军政委员会副主席兼文化部长、华东高教局局长、复旦大学校长、中国科学院哲学社会科学部委员、全国人民代表大会第四届常务委员会委员和中国人民政治协商会议第三届及第四届常务委员会委员、上海市政协副主席、民盟中央副主席、民盟上海市委员会主任委员等职。

1956 年元旦,毛泽东主席在上海亲切邀见了陈望道,对他的学术研究工作表示关切。1957 年 6 月,根据陈望道本人的请求,毛泽东亲自批准,由中央直接吸收他为中国共产党党员。考虑到他的历史情况以及当时的具体政治环境和工作需要,中共中央没有公开他的党员身份,直到中共十大召开时才予以公开,陈望道当选为中共十大代表。

在繁忙的工作和社会活动中,陈望道一直坚持学术研究活动,曾参加全国文字改革会议和汉语规范化会议,并担任《辞海》总编辑。他积极支持文字改革和推广普通话工作,为我国语言学的现代化、规范化、科学化做出了重要贡献。

1977 年 10 月 29 日,陈望道逝世,享年 86 岁。

陈望道一生著作甚丰,主要有《修辞学发凡》《美学概论》《因明学概略》《作文法讲义》《文法简论》等,主要著述均收在 1979 年起出版的 4 卷本《陈望道文集》中。

陈望道反对那种长而空的文章,强调必须注重调查研究,掌握第一手材料。他提倡从事创造性的研究,反对人云亦云。20 世纪 60 年代初期,他的学术思想有了较大发展,提出了"语言研究必须中国化"的观点,反对语言学研究中不注重汉语实际、不概括汉语事实的不良倾向。

在祖国的文化建设方面,陈望道创造了许多项"第一"。

陈望道的《修辞学发凡》(大江书铺出版,1932 年)一书,是我国第一部系统的修辞学著作,该书创立了我国第一个科学的修辞学体系,开创了修辞研究的新境界,奠定了我国现代修辞学的基础,被后人誉为独一无二的、里程碑式的著作。

陈望道之所以要研究修辞学,是为了适应当时社会的需要。据他自己所说,第一,当时西学东渐,有些人一味崇洋媚外,认为外国的什么都好,中国的什么都不行。他听到有人说中国语文没有规则,比外国语文低一等,非常气愤,决心驳斥这种谬论,从而决定研究修辞和文法,以探讨中国语文的规则。第二,当时正是我国语言文字由文言文向白话文、大众语转折的历史关头,旧的被否定了,新的一时还未建立起来。许多学生确实不知道白话文文章该怎么写,因此向学生讲授作文和修辞的规律就成了十分重要而又迫切的任务。

撰写《修辞学发凡》是一项浩大的工程。陈望道融古今中外先进方法为一炉,从汉语修辞现象的实际出发,既批判地继承古代之精华,又批判地借鉴外国的经验,构建成一个科学的修辞学理论新体系。该书具有两大特点:其一是引例丰富,所引用的书约250 部,单篇论文约 170 篇,方言、白话各种文体兼收并蓄;其二是归纳系统,阐释详明。修辞学与多门学科有着密切的联系,为了撰写《修辞学发凡》,陈望道深入研究相关学科,撰写了文章学、美学、逻辑学等多门学科的多部著作和大量论文。他的《美学概论》一书于 1926 年由上海民智书局出版,该书为《修辞学发凡》的辞格研究确立了美学基础;他 1931 年出版的《因明学概略》一书,是我国用白话文写成的第一本因明学著作,其中许多内容与《修辞学发凡》存在着内在联系。

《修辞学发凡》的问世掀起了我国学界第一次"修辞热",短短六七年间,相继涌现了 20 本左右的修辞学著作;我国于 20 世纪 50 年代问世的一些修辞学著作,也都不同程度地受到《修辞学发凡》的影响。

陈望道十分重视研究文法学。他明确提出应以功能的观点来研究汉语文法,把组织功能作为区分词类的依据。从 20 世纪 20 年代初开始,他先后发表文法学论文多篇,后来汇集出版了《中国文法革新论丛》一书,成为汉语文法史上很有价值的文献。他所著的《作文法讲义》(1922 年)是中国有系统地讲作文法的第一部书。1977 年,他在病榻上完成了他一生从事文法研究的结晶——《文法简论》一书的定稿工作。这本书集中体现了他"用功能研究文法"的观点,论述了他在 20 世纪 40 年代发起中国文法革新讨论后所建立的文法体系。

陈望道是我国最早提倡使用新式标点符号的学者之一。

陈望道忠于党和人民的教育事业，为祖国培养了大批人才。他担任复旦大学校长25年，是复旦大学任职时间最长的校长。他坚持根据我国教育实际，制定学校的教学制度，大力倡导建立优良的学风，坚持用马克思列宁主义、毛泽东思想指导科学研究和教育工作，主张讲究实际，反对说空话，无论是办事还是写文章，他都坚持科学的、实事求是的态度。他特别重视加强学校的教学和科学研究的领导，认为一个学校不发展科学研究，教学工作就上不去，培养德智体全面发展人才就会成为空话。中华人民共和国成立初期，他在复旦大学校务委员会上号召教师积极从事科学研究，说："我们一定要为中国共产党争气，要对文化有所创造，不能把别人的东西翻来覆去地讲，教师一定要从事科学研究，要进行创造性劳动，否则文化事业就不能发展，教育事业也不能发展。"1954年复旦大学校庆时，他在祝贺词中写道："综合大学应当广泛地经常地结合教学，开展科学研究工作，为祖国建设服务。"正是基于这样的认识，他亲手筹建了复旦大学"语法、修辞、逻辑"研究室（后改为语言研究室）。

再过几年，中国共产党就要迎来自己的百年华诞，陈望道去世也已经40年了。在具有伟大历史意义的中共十九大召开前后，人们回顾往昔，对于陈望道为中国革命、中国共产党所做的重大贡献有了更深切的认识。近年来，习近平总书记曾多次在公开场合讲述陈望道当年隐蔽在义乌分水塘村的小柴房里翻译《共产党宣言》的故事：当时，陈望道是使用毛笔书写。天气很冷，陈望道夜以继日地工作。母亲给他送去热乎乎的粽子和红糖，叮嘱他趁热吃。蘸着红糖吃粽子是义乌人的习惯。过了一会儿，母亲在门外问他还要不要添些红糖，陈望道连说："很甜，很甜。"母亲来收拾碗碟时，却见他嘴边满是墨汁。原来是他专注于写作，把粽子蘸着墨汁吃下去了。

二、冯雪峰

冯雪峰（1903—1976），原名冯福春。当代著名诗人、作家、文艺理论家、社会活动家、鲁迅研究专家、中国革命文学奠基人之一。义乌市赤岸镇神坛村人（图5-6至图5-9）。

神坛村是义乌赤岸镇一座偏远的小山村。当年，在神坛村里，冯雪峰家算得上是比较富裕的家庭，他的爷爷以开窑烧瓦起家，家中没有几个识字的人，爷爷送冯雪峰读书，是希望孙子将来能做个"账房先生"。

冯雪峰九岁时放下放牛鞭，开始读书。他勤奋刻苦、成绩优异。1919年，他入金华省立第七中学师范科。在这里，他接触到了"五四"新思潮并深受影响。1921年，因参加反对学监的学生运动，被学校当局开除。同年秋，他考入浙江第一师范学校。

图5-6　1921年18岁时的冯雪峰

图 5-7 义乌神坛村冯雪峰故居

图 5-8 冯雪峰故居正门

图 5-9 冯雪峰故居内雪峰塑像

当时的浙江第一师范学校是一所富有革命精神、思想活跃的名校,老一辈著名文学家叶圣陶、朱自清、陈望道等都是这所学校的名师。在这里,冯雪峰与同学中的柔石、潘漠华、魏金枝、汪静之等人志同道合,他们革命热情高涨,在开拓新文学的道路上结成亲密的伙伴。在一师,冯雪峰开始创作新诗。他先是与柔石等人参加朱自清、叶圣陶指导下的青年文学团体"晨光社",后来与好友应修人、潘漠华、汪静之等人一起结成"湖畔诗社",出版了他们的新诗集《湖畔》和《春的歌集》。诗集以其清新的文风受到各方热烈欢迎,郭沫若、郁达夫等均给以很高评价,冯雪峰等人由此被誉为"湖畔诗人"。

1925 年,冯雪峰来到北京,他一边做工、当家庭教师,一边在北京大学旁听,同时自学日语。在北京大学,他第一次见到鲁迅并听鲁迅先生讲课。1926 年,他开始研究和翻译马克思主义文艺理论和诗歌、小说,介绍苏联文艺界情况,成为一位翻译家。

1927 年"四一二"事变后,革命处于低潮,白色恐怖笼罩全国,许多曾经的革命者或悲观失望,或变节,或落荒而走。同年 6 月,冯雪峰做出了他一生中最重要的选择——加入了中国共产党,从此踏上漫漫征程,开始了他充满传奇色彩而又艰难曲折的革命人生。

1928年夏,冯雪峰经上海回到家乡义乌,以县立初级中学国文教员的身份为掩护,做党的地下工作,担任义乌城区支部书记。他把科学、平等、自由的思想带入学校,一破当时古板、僵化的风气,同时,积极宣传革命思想,在师生中揪下革命的火种。年底,因遭国民党浙江省政府通缉,冯雪峰离义赴沪。

在上海,经柔石介绍,冯雪峰结识了鲁迅,向鲁迅请教他在翻译马克思主义文艺理论中遇到的问题,并与鲁迅先生商量编印《科学的艺术论丛书》事宜。他先后翻译出版了《新俄的文艺政策》《作家论》《艺术之社会的基础》《艺术与社会生活》《文学评论》等重要作品。

1929年10月,受党组织委托,冯雪峰担负起了沟通鲁迅与党的关系的重任。作为一名文学青年,冯雪峰是鲁迅先生的学生、晚辈;作为共同应对来自各方面论争和攻击的革命文学家,他们是战友、挚友;同时,作为中国共产党与鲁迅联系的代表,冯雪峰要团结鲁迅,共同贯彻执行党的方针政策,完成党交给他的任务。冯雪峰很好地处理了他与鲁迅的关系,他真诚地尊重鲁迅,与鲁迅坦诚相见、推心置腹,在斗争中坚决捍卫鲁迅,深得鲁迅先生信任。鲁迅给了他很大的帮助和多方面的指导,使他变得更成熟。冯雪峰成功地促进了鲁迅及其周围作家与"创造社""太阳社"的联合。他这一时期最突出的贡献是他与鲁迅、柔石、夏衍、冯乃超等人筹建了中国左翼作家联盟(下文简称"左联"),掀起了一场声势浩大的左翼文学运动,在中国革命史、文学史上留下了浓墨重彩的一笔。1930年3月"左联"正式成立,冯雪峰历任"左联"党团书记、中共上海中央局文化工作委员会书记、江苏省委宣传部部长等职。其间他曾与鲁迅、柔石、郁达夫等人发起组织中国自由运动大同盟,发起组织中国著作家抗日会,并负责为国际统战组织"世界反帝国主义战争委员会"筹备其在上海举行的远东反战会议(图5-10)。

图5-10 1931年8月18日鲁迅先生亲笔题款赠送给冯雪峰的照片

1932年秋冬之际,冯雪峰陪同在上海治伤的红军将领陈赓与鲁迅秘密会见。通过与陈赓、冯雪峰的接触,鲁迅先生对中国共产党、对红军有了更进一步的了解。

1933年年底,冯雪峰奉命调往中央苏区工作。在中央苏区,他担任中共中央党校教务长、副校长。1934年1月,冯雪峰出席中华苏维埃第二次全国代表大会,当选为中华苏维埃政府中央执行委员会候补执行委员。在这次会议上,他第一次见到毛泽东。当时,毛泽东遭到排斥,离开了领导岗位,他知道冯雪峰与鲁迅交往密切,在与冯雪峰的多次交谈中,他都十分关切地询问鲁迅的情况,冯雪峰则向毛泽东详细地介绍了自己所知道的鲁迅。

1934年10月,冯雪峰参加了红军两万五千里长征。长征中,他先后担任中国工农红军第九军团地方工作组副组长、中央纵队干部团上干队(红军大学前身)政治教员、红军大学高级班政治教员等职。长征到达陕北后,他被调到陕北党校工作。

1936年春,冯雪峰参加中国人民红军抗日先锋军渡河东征,任地方工作组组长。

1936年4月,冯雪峰奉命从山西返回陕西瓦窑堡,中共中央派遣他以中央特派员的身份到上海开展工作。临行前,毛泽东、周恩来、张闻天分别找他谈话,交代任务。

1936年4月上旬,冯雪峰到达上海,受到上海地下党同志的热烈欢迎。由于上海地下党组织曾遭到敌人严重破坏,电台被毁,在很长的一段时间里,与中共中央失去了联系。冯雪峰着手干的第一件事就是遵照周恩来的嘱咐,建立与中央直接联系的秘密电台。在鲁迅和宋庆龄的帮助下,他很快把秘密电台建立起来,恢复了中共中央与上海的联系。

1936年8月,中共中央决定成立中共上海办事处,任命潘汉年为主任、冯雪峰为副主任,负责领导重建上海地下党的工作并开展各方面的斗争。他们在重建上海地下党的工作时,贯彻执行党的"隐蔽精干,长期埋伏"的方针,为上海地下党的恢复与巩固发展奠定了良好的基础。

这期间,冯雪峰曾任中共中央东南局文化工作委员会委员。他与鲁迅先生再度携手,亲密合作,在文化领域披荆斩棘,做了大量开拓性的工作。在此期间,他写下了多篇有影响的重要文章。1936年10月19日,中国新文化的旗手鲁迅先生去世,冯雪峰代表中共中央主持了隆重的治丧仪式。

1937年12月,冯雪峰返乡,隐蔽在家中从事著述。他亲身经历了艰苦卓绝的红军两万五千里长征,创作一部反映红军长征的长篇小说是他强烈的愿望。在家中的阁楼上,他通宵达旦地工作,经过三年的辛勤劳作,投入巨大的热情和心血,长篇小说《卢代之死》行将完成。恰逢此时,皖南事变爆发,国民党大肆捕杀中国共产党员和爱国人士。金华国民党宪兵查获一封进步青年写给冯雪峰的信,根据这条线索,1941年2月6日,特务们赶到神坛村搜查了冯雪峰家的小阁楼。幸亏冯雪峰将书稿藏匿在楼上的米桶里,特务们一无所获,也不知道眼前的冯福春就是中国共产党"要犯"冯雪峰,但他们还是把冯雪峰押解到金华宪兵连,然后又转押到江西上饶集中营。

在上饶集中营,冯雪峰先是被关押在被人们称为"地狱里的地狱"的茅家岭监狱。这里是上饶集中营中最残酷、最暗无天日的地方。在这里,冯雪峰遭到敌人残酷的折磨,不久,就传染上了监狱里最流行的一种烈性传染病"回归热",连日的高烧把他折磨得半死。敌人怕他死在监狱里,将他押送到集中营。没过多久,他又患上了肋膜炎,整日疼痛难忍,敌人仍然逼着他和囚犯一起围着大广场无休止地跑步,他用手按着剧痛的两肋挣扎着跑,一次次栽倒在地。

险恶艰苦的环境和敌人的摧残都没能使冯雪峰屈服。上饶集中营外面的灵山是土地革命时期方志敏所领导的工农红军战斗过的地方。冯雪峰远眺灵山,写下了《灵山歌》:

我们望得见灵山,
一座不屈的山!

它显得多么伟美——

崎岖,峥嵘,

一连串的高峰直矗到天际……

就在这灵山,

伟大的战斗者,重聚了大军,

坚持大义的血旗——

披靡着东南整个的地区……

从这山,我懂得了历史悲剧的不可免,

从这山,我懂得了我们为什么奔赴那

悲剧而毫无惧色,而永不退屈!"

在上饶集中营,冯雪峰还有一首诗,题为《火》:

"……火!哦,如果是火!

你投掷在黑夜!

你燃烧在黑夜!

我心中有一团火,

我要投出到黑夜去!

让它在那里燃烧,

而让它越燃越炽烈!

诗言志,冯雪峰要把自己变成一把熊熊燃烧的火炬。他是一名久经考验、斗争经验丰富的老战士。在狱中,他巧妙地隐蔽了自己的真实身份,一直使用"冯福春"这个名字,任凭敌人百般拷问,坚不吐实。特务们始终摸不清他的底细。尽管常在病中,他却始终关怀着狱中地下党领导的对敌斗争,提出自己的意见和建议。他组织难友们与敌人进行各种形式的斗争,先后帮助新四军干部赖少其、难友计惜英等五人出逃。为此,他遭到敌人更为残酷的迫害。

他在狱中所做诗篇,后来结集编成《真实之歌》。

1942年,经党组织营救,冯雪峰出狱。他先赴桂林,找到了党组织,后赴重庆,向周恩来汇报了上饶集中营的情况。此后,他先后在重庆、上海等地从事统战和文化工作,期间,写作、出版了杂文集《乡风与市风》《有进无退》《跨的日子》以及寓言集《今寓言》《雪峰寓言三百篇(上卷)》等。

中华人民共和国成立后,冯雪峰历任华东军政委员会委员、上海市人民政府委员会委员、《文艺报》主编、鲁迅著作编刊社社长兼总编辑、人民文学出版社社长兼总编辑、中国作家协会副主席、第一届中国人民政治协商会议委员等职。他主要从事编辑出版工作,整理出版了大量古典文学著作和革命烈士遗著,如方志敏的《可爱的中国》4卷本、《瞿秋白全集》等。他在编辑出版鲁迅著作的工作中,倾注心血,亲自主持编注10卷本《鲁迅全集》及《鲁迅译文集》等24种注释单行本。在写作大量文学论文的同时,他创作了电影剧本《上饶集中营》等文学作品,在培养青年作家、文学新人的工作中,倾注了大量心血。

1956年,冯雪峰回到家乡,以全国人民代表大会代表的身份进行调查研究,了解父老乡亲的生活状况。这是他生前第三次，也是最后一次回家。

1954年，冯雪峰因《红楼梦》研究事件受到批判，被撤销《文艺报》主编职务。1957年，在反"右"运动中，继揪出"丁(玲)陈(企霞)反党集团"之后，冯雪峰被诬为"文艺界反党分子"，大小批斗会一个接一个，污水从四面八方向他泼来。1958年4月，冯雪峰被划为右派分子，开除党籍，撤销人民文学出版社社长兼总编辑等职务。

当时，冯雪峰55岁，却无事可做。20年前他在家乡神坛村完成的反映红军长征的长篇小说《卢代之死》的手稿在他被捕后丢失了，他曾想利用靠边站的这段时间重写这部小说，却未获批准。他又打算写一部关于太平天国的长篇小说。为此，他几乎花费了15年时间，搜集了大量史料，拟出了写作提纲，并且前往广西实地考察，体验生活。然而，一个接一个的政治运动使他无法正常工作，这一部长篇巨著的写作计划最终也落空了。

"文化大革命"期间，冯雪峰陷入新的苦难：关"牛棚"、进五七干校，被驱使从事各种沉重的体力劳动。"文化大革命"后期，他被调回原单位人民文学出版社，但不准到单位上班，只是让他在家里做些校订《鲁迅日记》一类的工作。

1976年1月31日，冯雪峰抱憾离开人世。他没有留下遗嘱，只是在弥留之际，流着眼泪一再表示希望能让他回到党的队伍。

冯雪峰去世后，先后开了两次追悼会。

第一次是1976年7月16日。在他的亲朋挚友的一再呼吁之下，勉强批准开了一个低规格、严格限制人数、不准致悼词的追悼会。尽管如此，到会人数仍然达到300多人，茅盾、叶圣陶、胡愈之、楚图南、宦乡等著名人士都到会致哀。

1979年，冯雪峰的冤案得到彻底平反昭雪，中共中央恢复了他的党籍。同年11月17日，冯雪峰追悼会隆重举行，叶剑英、邓小平、胡耀邦、陈云、宋庆龄、邓颖超等党和国家领导人送了花圈，胡耀邦亲临追悼会。中宣部副部长朱穆之致悼词，对冯雪峰的一生做出了高度评价。

冯雪峰的主要著作，除译文外，均收于4卷本《雪峰文集》中。

三、吴晗

吴晗(1909—1969)，著名历史学家、社会活动家。原名吴春晗，义乌市上溪镇苦竹塘村人。

吴晗的父亲吴瑸珏是清朝末年的秀才，爱好文史，能诗能文，写得一手好字，他的书斋"梧轩"中藏书颇丰。吴晗生长在这样书卷气很浓的环境中，自幼酷爱读书，涉猎颇广，尤喜文史类书籍。7岁时，至金华傅村私立育德小学求学，表现出一目十行、过目不忘的惊人才华。11岁时，读《御批通鉴》，这部书成了他学习历史的启蒙教材。

年纪渐长，家中的藏书已经不能满足他的求知欲，他便向附近村庄的人家借书。书借到手，常常是边走边看，走到半路，书已读完，于是折回去再借。他读书又多又快，家乡的人们送了他一个"蛀书虫"的绰号(图5-11、图5-12)。

图 5-11　义乌苦竹塘村吴晗故居

图 5-12　吴晗故居内景

1925 年,16 岁的吴晗毕业于省立金华中学。他回到苦竹塘村,当了一段时间的小学老师。1929 年,考入中国公学,一年后升入社会历史系。1931 年入国立清华大学史学系。这一时期的吴晗,受胡适"科学救国论"影响,读书十分刻苦,并发表了《胡应麟年谱》等 40 多篇论文,博得了"太史公"的称号。

"九一八"事变后,吴晗开始觉醒,他曾给胡适写过一封信,信中说:"处在现今时局里,党国领袖卖国,政府卖国,封疆大吏卖国……翻开任何国任何朝代的史来看,找不出这样一个卑鄙无耻丧心病狂的政府。"

1934 年夏,吴晗在清华大学毕业后,留校任教,先后发表了《胡惟庸党案考》《明代靖难之役与国都北迁》《明代之农民》《后金之兴起》等 20 多篇文章。

1937 年 9 月,吴晗应聘到云南大学任文史教授,先后发表了《投下考》《记明实录》《明代汉族之发展》等文章。

1940 年,吴晗应邀到西南联合大学(下文简称"西南联大")叙永分校讲中国通史。在国家危难残酷现实的教育下,他逐步摆脱了"科学救国论"的影响,开始从书斋走向社会。

1941 年 9 月,他曾前往重庆看望董必武。

太平洋战争爆发后,日本占领香港。文化界进步人士和香港同胞纷纷离港,向内地撤退。身为国民政府高官的孔祥熙却垄断飞机,抢运其私产和洋狗,激起民愤。吴晗在西南联大课堂上怒斥孔祥熙为"飞狗院长"。

1943 年 7 月,吴晗加入中国民主政团同盟(下文简称"民盟"),兼任民盟云南省委青年部长。同时,他参加中共组织的"西南文化研究会"的活动。在昆明,吴晗与闻一多结下了深厚友情,他们经常同台演讲,成为并肩战斗的亲密战友。

日本投降后,昆明掀起反内战民主运动高潮。1945 年 12 月 1 日,国民党特务制造了屠杀昆明师生的"一二·一"惨案。吴晗与闻一多、李公朴等带动教授首先罢教,支持学生,并发表《一二·一惨案与纲纪》一文,痛批蒋介石政府的倒行逆施。在昆明的民主运动中,吴晗和闻一多是国统区持不同政见者的代表性人物,是勇敢的民主斗士,被人们称为"两个书生,两个战士",说他们"一个是鼓手(闻一多),一个是炮手(吴晗)",称赞他们是"一只凶猛的老虎"(吴晗)和"一头愤怒的狮子"(闻一多)。

1945 年 5 月 3 日，吴晗出席西南联大"五四青年座谈会"，发表题为"论五四运动"的演讲。同年 9 月，吴晗出席昆明教育文化界庆祝胜利晚会，发表揭露蒋介石欺人之语的演讲，这些演讲言辞犀利、掷地有声，是吴晗作为一位觉悟了的硬骨头文人射向国民党黑暗势力的利箭。

1946 年 5 月，北京大学、清华大学、南开大学等分别迁回京津。吴晗取道重庆、上海，回到清华园。

1946 年 6 月，吴晗回到家乡义乌，满眼看到的都是政治的黑暗和经济的贫困。他深有所感，写下了《浙道难》《记第八大队》《真空的乡村》等文章。同年 7 月，吴晗在上海得悉李公朴、闻一多在昆明被特务暗害的消息，悲痛欲绝，写下了《哭公朴》《哭一多》等一系列悼文，揭露国民党反动派的罪行，决心踏着烈士的鲜血与黑暗势力斗争到底。1961 年春，在其发表的《谈骨气》一文中，吴晗曾用"压不扁，折不弯，顶得住，吓不倒"来概括骨气的含义，这 12 个字，可以说是他这位民主斗士的精神写照(图 5-13、图 5-14)。

图 5-13　1946 年吴晗在西南联大集会上的演讲

1946 年 8 月，吴晗返回清华园，主持北平市民盟工作，投入到反饥饿、反内战、反对美军暴行的斗争当中。清华园西院 12 号吴晗的寓所成为清华大学、燕京大学、北京大学的同学与中共地下党、民主青年同盟等组织聚会的场所。每天都有不少关心时局、关心民主运动的人来到这里，和他讨论有关的问题或询问情况。尽管外面是浓重的白色恐怖，但这所房子里却经常有开朗的笑声、热烈的争论。来的人多了，屋子里坐不下，大家便坐在院子里；没处坐，青年们便坐在地板上。北平各大学的教授也经常应邀参加清华园西院 12 号的座谈会，许多次运动的宣言、声明、通电等等都是在这

图 5-14　1947 年吴晗在清华大学闻一多死难周年纪念会上的演讲

所房子里起草的。

在清华园西院 12 号,进步青年还组织了读书会。吴晗多次为读书会演讲。他还担任了中国共产党领导下由青年教师组成的"通识学社"的导师。费孝通曾回忆说:"他从不以高明自居,总是用商量探讨的态度,把多年精湛的研究心得和学习马克思列宁主义、毛泽东思想的体会,毫无保留地摆出来,通过讨论引导大家提高学习革命理论的兴趣。"

在吴晗周围,团结了一批中年教授,如钱伟长、孟庆基、沈元、屠守锷等。通过他们以及与自己交往最为密切的张奚若和朱自清,吴晗又争取了许多老教授(如邵循正、费青、金岳霖、陈寅恪以及北京大学的向达、周炳琳等)参加到反内战民主运动中来。

在清华园西院 12 号,吴晗掩护过许多革命同志。随着解放战争节节胜利,解放区急需大量知识分子。吴晗他们多方努力,输送了一批又一批向往光明的青年到解放区去,替他们安排一切,帮助他们顺利地通过封锁线。

1948 年 8 月,吴晗被列入国民党"剿总"黑名单。在地下党组织的安排下,他离开清华大学奔赴解放区。

在解放区,吴晗会见到了毛泽东和周恩来(图 5-15)。

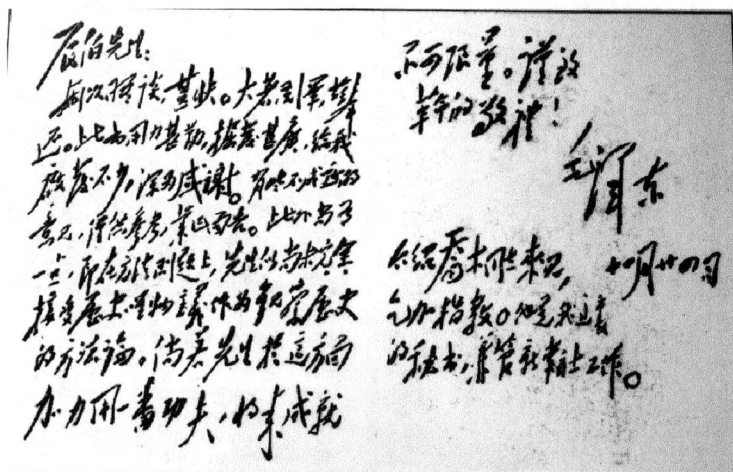

**图 5-15 1948 年 11 月 24 日毛泽东看完
吴晗《朱元璋传》原稿后在西柏坡致吴晗的书信手迹**

1948 年 12 月,吴晗向中共中央呈送了入党申请书。1949 年 1 月 14 日,吴晗加入中国共产党。

1983 年 12 月,中共中央政治局常委、全国人民代表大会常务委员会委员长彭真曾评价吴晗说:"吴晗同志从一个勤奋治学、追求真理、不断进步的历史学家和爱国的民主主义者转变为共产主义者的道路,是 20 世纪我国知识分子前进的光明大道"(图 5-16)。

1949 年 1 月 31 日,北平和平解放。吴晗参加了接管北京大学、清华大学的工作,任清华大学校务委员会副主任、文学院院长、历史系主任等职。1949 年 10 月 1 日,他参加了中华人民共和国开国大典。

中华人民共和国成立后，吴晗历任北京市副市长、北京市民盟主任委员、中华全国青年联合会副主席、全国政治协商会议常务委员会委员、北京市政协副主席、《新建设》杂志主编、中国科学院哲学社会科学部委员等职务。

1949 年到 20 世纪 60 年代，吴晗在文化教育、学术活动、古籍整理、文物古迹保护等多个领域做出了巨大的贡献。他出版的著作主要有：《朱元璋传》《读史札记》《投枪集》《春天集》《灯下集》《吴晗历史论著选集》等，并曾主编《中国历史小丛书》《外国历史小丛书》。

1959 年 4 月，针对干部中存在的不敢讲真话的问题，毛泽东提倡研究海瑞，学习海瑞"刚直不阿，直言敢谏"的精神。是年 6 月，作为响应，吴晗先后发表了《海瑞骂皇帝》《论海瑞》《海瑞罢官》

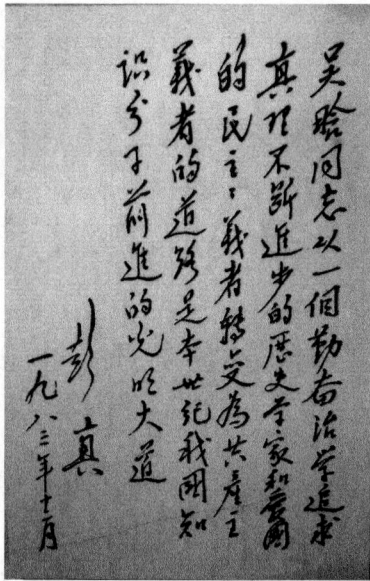

图 5-16　1983 年 12 月彭真
评价吴晗的题词

等文章。次年，经七次修改，吴晗完成历史剧《海瑞罢官》的写作。1961 年，剧本正式出版，该剧公开演出，引起强烈反响，文史学界对吴晗写戏热烈欢呼，称之为"破门而出"。

同年 9 月，受北京市委机关刊物《前线》约请，吴晗与北京市委副书记邓拓、北京市委统战部部长廖沫沙三人以"吴南星"为笔名，在《前线》杂志上开辟《三家村札记》专栏，至 1964 年 7 月，该专栏共发表他们 60 多篇杂文，其中，吴晗有 21 篇。

1965 年，在江青、张春桥的策动下，《海瑞罢官》遭到批判；1966 年 5 月，同样是在江青、张春桥的策动下，《三家村札记》遭到批判。批判不断升级，对吴晗等人的迫害日益加深。

1969 年 10 月，吴晗被迫害致死。

对《三家村札记》的批判成为"文化大革命"的突破口，在全国产生了巨大而又持久的影响，与吴晗、邓拓含冤而死相伴随，北京市委被改组。

1979 年 7 月，北京市委为"三家村反党集团"冤案平反，为吴晗恢复党籍、恢复名誉。

今天，在清华大学近春园荷花池畔，红色花岗岩雕刻的吴晗塑像、邓小平亲笔题名的"晗亭"与西院 12 号吴晗故居一起，构成一组纪念吴晗的建筑与雕塑组合；在义乌苦竹塘村吴晗故居，厅堂正墙上悬挂着吴晗像，两旁是他的挚友廖沫沙书写的文天祥诗句——"人生自古谁无死，留取丹心照汗青"。

孟子说："吾善养吾浩然之气。"孟子又说："富贵不能淫，贫贱不能移，威武不能屈，此之谓大丈夫。"陈望道、冯雪峰、吴晗，他们都是熟读中华传统文化典籍的饱学之士，他们也同为坚定的马克思主义者。他们是马克思主义和中国优秀传统文化共同塑造的、在中国革命的血火征程中锻造出来的新一代中国人的杰出代表。

第二节　朱鸿儒、吴溶品和义乌农民运动

"五四运动"是中国文化长河的转折点。义乌人陈望道、冯雪峰由此转向马克思主义。他们的同乡们、义乌农民中的先驱者们，同样是接受了"五四运动"的影响，走上了革命的道路。北伐战争时期，在中国共产党的领导下，义乌农民运动蓬勃兴起，1928年，中国共产党义乌县委诞生。义乌的历史，掀开了全新的一页。

一、中共义乌县委第一任书记朱鸿儒

朱鸿儒（1907—1931），字卓越，乳名樟栋。义乌市后宅街道马踏石村人。

朱鸿儒家境贫寒，幼读私塾，后入小学。毕业于五凤小学后，于 1924 年考入严州省立第九师范学校，学习成绩优异。受到五卅运动和北伐战争等爱国、革命运动的影响，朱鸿儒积极投身反帝、爱国学生运动，因此而被学校当局开除。此后，他转入东阳中学，读完了中学课程。

1927 年 4 月，蒋介石叛变革命，屠杀中国共产党人和革命群众。在白色恐怖弥漫的严酷环境下，朱鸿儒毅然加入中国共产党，以教师职业为掩护，积极从事农民运动和党的组织工作。作为义乌党组织的创始人之一，1928 年 10 月，朱鸿儒当选为中共义乌县委书记。

1929 年，受党组织派遣，朱鸿儒离开义乌，转赴东阳、永康、武义、缙云一带工作。1930 年赴杭州，以教师身份为掩护，担任浙江省党组织的浙西巡视员、杭州西湖区共青团委书记。同年秋，因叛徒出卖，在杭州被捕，关押在浙江省陆军监狱。在狱中，朱鸿儒屡受酷刑而坚贞不屈。1931 年夏，敌人使出最后一招，命叛徒姚鹤庭出庭质证。朱鸿儒在法庭上大义凛然，怒斥叛徒，抓起砚台向叛徒猛击。

是年 6 月 18 日，朱鸿儒在陆军监狱刑场慷慨就义，牺牲时年仅 24 岁（图 5-17、图 5-18）。

图 5-17　义乌马踏石村纪念朱鸿儒的壁画

图 5-18　矗立在马踏石村旁小山上的朱鸿儒纪念碑

二、中共义乌县委第二任书记吴溶品

吴溶品（1902—1930），义乌市稠城镇前洪村人。

吴溶品家境贫寒，起初就读于本村聚英小学，三年级时辍学务农。他勤劳耕作，成长为一名劳动能手。他热爱学习，经常主动帮助村中学校干活，教师也乐于教他学文化，通过这样的方式，他学会了读报写信。

在"五四运动"的影响下，吴溶品和同村接受新思潮、倡导反对迷信的青年学生们一起，捣毁了村庙的神像。1926 年冬，义乌开始建立中国共产党组织。1927 年 2 月初，北伐军到达义乌，在中国共产党的领导下，农民运动勃然兴起，沉重地打击了封建统治势力。前洪村、柳村等地组织起了农民协会，吴溶品当选为前洪村农民协会会长。

1927 年，"四一二"反革命政变的前一天，土豪劣绅纠集流氓冲击国共合作的县党部，殴打县长徐洪。中国共产党发动上千农民进城游行示威，高呼"拥护国民革命""打倒土豪劣绅"等口号。这是义乌现代革命运动史上首次大规模的群众性政治活动。吴溶品带领的前洪村青壮年农民是这次示威游行的主力。

是年 10 月，义乌中共组织恢复活动，工作重点转移到农村。吴溶品是党在义乌县农民中发展的首批党员之一。

入党以后，吴溶品日夜操劳，忙于兴办农民夜校、巩固农民协会、发展农村党组织等工作。是年 11 月，前洪村建立起全县第一个农村党支部，吴溶品担任党支部书记。

1928 年 10 月，义乌北乡、西乡一带，农村党组织得到较大发展，通过民主选举，产生中共义乌县委会，朱鸿儒任书记，吴溶品为县委委员，县委机关设在前洪村。两个月后，朱鸿儒调往外县，吴溶品接任县委书记职务，成为中共义乌县委第二任书记。在严酷的斗争环境下，吴溶品完全转入地下，成为职业革命者。

为了保卫中央苏区,遵照党的指示,吴溶品领导群众开展阻滞修建杭(州)江(山)铁路的斗争。1930年6月,因不赞同组织暴动,吴溶品被视为右倾,撤销县委书记职务,奉命到金华东乡做党的基层工作。暴动计划流产后,姚鹤庭叛变,反动派大举搜捕,悬赏三百块银元通缉吴溶品。有人劝他到外地暂避一时,他说"革命不怕死,怕死不革命",继续在家乡坚持工作。

1930年10月初,吴溶品奉命从金东返回义北,途经东河,被反动民团"保卫局"头子何子联抓捕并送往县城。在囚禁中,敌人对他严刑拷打,用尽威逼利诱的各种手段,他始终坚贞不屈。同年10月14日,敌人将他押赴刑场,他慷慨从容,一路高呼革命口号,英勇就义。

三、中国共产党领导下的义乌农民运动

1927年春,为配合北伐战争,中国共产党组织在义乌前洪、柳村、湖门一带组织农民协会,领导农民开展减租和反对高利贷盘剥的斗争,对恶霸地主则动员农民抗租抗债。中国共产党领导下的以减租、减息为主要内容的义乌农民运动就此拉开序幕。

"四一二"反革命政变后,农会随党组织转入地下活动,在西乡、北乡等地,农会仍然活跃。1928年,中共党组织在农村得到恢复和发展,农民协会也随之逐步恢复。至1929年,全县普遍建立了农民协会。在此基础上,香山区、义西区和前洪村成立了雇农工会,佛堂镇成立了船夫工会。农民协会的主要工作是针对国民党政府撤销减租的规定,发动、组织农民开展减租运动。中共义乌县委制定的策略是,大力开展减租运动,再逐步走向抗租。县委拟制传单,在全县张贴,惧于农民运动的声势,许多豪绅地主吓得不敢向农民催租逼租,贫苦农民因此得以少交租。同年秋后,有党组织和农民协会的地方,大多实现了减租。1930年,党组织曾计划组织暴动,未能实施,由于叛徒出卖,县委负责人相继被捕或牺牲,农民协会组织与活动被迫停止。

1938年,国共联合抗日局面形成。这年10月,中共义乌县委书记吴拯黎以政工队员的身份到农村推动减租减息,发动群众组织农会。依托农会的配合,傅村及邻近几个村的减租突破重重阻力,得到施行。1939年年初,为使"二五"减租在全县公开合法推行,中共与国民党县党部商定,由政工队(此时的政工队由中共主导)协助建立农会,并把"二五"减租条例和具体规定在报纸上公布。有些地主以拆佃、卖田或把出租的田收回种上麦子、草子等方式对抗"二五"减租政策。农民协会则进行反"拆佃"斗争,提出"佃农有永佃权"的口号,组织农民锄掉地主所种的小麦、草子。同年5月,一些奸商借春荒之机囤粮抬价,造成部分地区粮价暴涨,发生粮荒。党组织以农民协会出面,发动100多人向乡公所请愿,要求勒令富户平价出售存粮,取得胜利。

1942年5月,日军侵占义乌后,中国共产党在义乌农村广大地区建立起抗日根据地。在根据地,普遍建立起农会(农抗会)组织。据1943年3月的统计,三梅、香山、新成、南平等乡共有农会组织56个,会员9129人。1944年8月,金东义西农民抗敌总会成立(后改称"金义浦农民抗敌总会"),下设金东区农会和义西区农会。为了减轻农民负担,农抗会制定、颁发了减租减息具体办法,在根据地普遍推行。1945年夏,《金

义浦地区土地租佃减租暂行办法》颁布,该办法对租佃关系进行调整,规定了减租减息、交租交息的具体政策。在义东北地区,民运队和农会不仅积极推行减租减息,还组织农民改造溪滩,开荒造田,发展生产。为了保卫根据地,农会组建了不脱产自卫队55个,计有队员5 404人,民兵小组27个,队员3 179人,成为保卫根据地的一支重要武装力量。

第三节　义乌人民的第三次抗日战争

1937年,日军进攻卢沟桥,全面抗日战争爆发。

义乌人民对于日本侵略者并不陌生。明代,他们曾经参加过两次抗日战争:第一次是组建义乌兵,跟随戚继光抗倭,打遍浙江、福建、广东三省,把倭寇赶下了大海;第二次是随援朝明军入朝抗倭,取得完胜。所以,对于义乌人民而言,这是他们直接参与的第三次抗日战争。

1937年冬,在抗日民族统一战线的旗帜下,中共义乌县委团结民主进步人士,与爱国县长吴山民共同推动抗日救亡运动,组织民众参加各种群众救亡团体和自卫队,动员青年入伍参战。素有爱国保家传统的义乌农村青年踊跃报名参军,出现了许多兄弟双双参军、妻子送丈夫参军的动人场面。仅1938年一年,全县就有2 043名青年自愿报名入伍,以义乌参军青年为主体组建起了一个"义乌营"。义乌成为浙江省青年自愿参军的模范县,在国统区产生了很大影响。

1942年5月,日军侵占义乌。在党的领导下,抗日武装第八大队和坚勇大队先后组建起来,成为义乌坚持抗日战争的主力军。在与日、伪、顽的斗争中,先后开辟了金(华)、义(乌)、浦(江)、兰(溪)四县边区及诸(暨)、义(乌)、东(阳)三县边区两块抗日根据地,与敌军作战数十次,沉重地打击了日本侵略者。

1942年10月14日,第八大队设伏萧皇塘,9名前来抢掠的日军中8名被击毙,其中包括1名叫作吉田的少尉。

1943年9月,坚勇大队突袭汪伪楂林据点,活捉伪军分队长以下10余人,缴获轻机枪1挺、步枪20余支;随即,又智取日军大陈军用仓库,缴获大批军用物资。

1943年10月,县独立大队袭击日军大元村北侧据点,据点守敌28人中,除1人逃脱外其余全部被歼。

1944年5月9日下午,第八大队在吴店塘西桥与敌展开激战,歼灭日军20余人。第八大队分队长金德秀等6人在战斗中光荣牺牲。

1944年9月,义乌县抗敌自卫总队第一大队袭击日伪佛堂矿业公司,活捉全部6名护矿日军和汉奸、金华地区矿业公司总经理邵宝堂。

1945年8月,日本宣布无条件投降。同月27日,义乌县政府迁回县城。以此为标志,义乌人民取得了抗日战争的又一次完胜。

说到义乌抗日,就不能不说说爱国县长吴山民。

吴山民(1902—1977),原名吴琅椿、吴椿,字念萱。义乌上溪镇里美山村人。

吴山民家境贫寒,攻读勤奋。1919年7月,毕业于金华省立第七中学,在亲友的资助下，考入浙江法政专门学校政治经济系。1923年毕业后，到北京法政大学政治经济研究所学习，并在北京大学选课旁听。

离校后，吴山民先后在上海、哈尔滨法院担任书记官。1927年夏，在杭州，他与当时处于秘密状态的中国共产党组织有过接触，为党做过一些工作。

1928年4月，吴山民参加浙江省高等文官考试并被录取，先到温属各县考察三个月，后任杭属新政指导员、省民政厅科长等职。1929年5月，出任定海县县长。翌年春，定海县六横岛农民因反对土地陈报而举行暴动，他因"镇压不力"被免职。此后曾在江苏省担任过一些闲职。

多年的地方官生涯使吴山民对国民党统治的腐败无能及其残虐人民的行径有了深刻的了解。1937年冬，他离开官场回到家乡闲住。

1938年1月，吴山民出任义乌县抗日自卫委员会副主任兼战时政治工作队队长。他邀请中共义乌县委委员吴璋带领一批中国共产党员和进步青年到政治工作队工作，委派吴璋担任政治工作队副队长，通过这种方式，将政治工作队置于中国共产党的领导与控制之下。1938年10月，吴山民以工作成绩显著升任县长。他遂以县长身份，请求党组织派遣得力干部到县政府各部门担任领导职务。在他与中国共产党的密切配合下，义乌的抗日救亡工作开展得有声有色，仅1939年一年，就举办了近百次青年干部抗日自卫训练班，对全县保长、甲长全部进行了集中训练，组织了全县15 000名壮丁总检阅，还举办了妇女干部训练班，开展女兵培训。

义乌的妇女干部训练班旨在培训女壮丁骨干，每乡1人，全县共50人，年龄在16—18岁之间，培训时间为三个月。结业后，回各乡组织训练女壮丁。妇女干部训练班的学员均由女政治工作队员中的中国共产党员物色，挑选的大都是思想进步、有培养前途的女青年。县妇委会委派中国共产党员、县妇委会委员万芝进去担任生活指导员，完全掌握了训练班的领导权。训练三个月，发展了10名女党员。

妇女干部训练班在义乌妇女中产生了很大的影响，很多女青年跑到县城来要求参加训练班。中共义乌县委获得吴山民县长批准，从中挑选了10名女青年，县政府指派妇女干部训练班毕业学员两人（均为中共党员）分任正、副班长，组成了一个女兵班。女兵班隶属县抗日自卫独立中队。这个独立中队是义乌县当时唯一的武装组织（第八大队和坚勇大队都是1942年组建的），中队长、指导员、一名分队长都是中国共产党员，士兵中也有好几名党员。

女兵班进行严格的救护训练，学习防空常识、防毒常识、抗战理论和战时民众教育等科目，需要时也持枪上岗，担任县城执勤任务。

同是1939年，县妇委会主任、政治工作队员吴兰碧在佛堂吴店组建了一个妇女大刀队。妇女大刀队的队员从妇女夜校的学员中挑选，年龄在16—18岁之间，她们白天干农活，晚上集中在一起，由教练传授刀法。有些大刀队的队员后来参加了第八大队，走上了与日寇作战的最前线。

义乌妇女一向巾帼不让须眉，越国时期有越女应范蠡之邀到军中教授剑术；明代有义乌兵妻子随丈夫戍守长城、修筑长城。在20世纪的抗日烽火中，则有女兵班、妇女大刀队与男人并肩战斗。

吴山民政绩突出，被省长黄绍竑誉为"模范"，同时却也招致国民党省党部的疑忌和地方顽固势力的反对。1939年9月，吴山民奉命到湖南南岳游击干部训练班受训，在南岳，他公开反对管理人员的军阀作风，被干部训练班开除。1940年2月回县，被撤去县长职务，11月被捕，关押在金华省保安处调统室。经十多天审讯，始终找不到他作为中国共产党员的证据，后经各方营救获释，但仍处于监视之下。

　　1942年5月，义乌县城沦陷。吴山民积极支持党组织开展抗日武装斗争，先后出任"义西联防处"主任、"金东义西联防处"主任和"金义浦自卫委员会、经济委员会"主任。敌伪进山"扫荡"，他家房屋两次被焚，国民党也对他屡加威胁恫吓，都丝毫不能动摇他与中国共产党团结抗日的决心。1945年春，吴山民前往四明山，出席在那里召开的浙东抗日各界人民临时代表大会，并当选为浙东行政公署副主任兼浙东银行行长。

　　1946年2月，吴山民出任山东省政府参议。同年5月加入中国共产党。

　　1949年春，吴山民随解放大军渡江南下。上海解放后，任上海市军管会及市人民政府办公厅副主任。中华人民共和国成立后，先后任浙江省高级人民法院院长、浙江省人民政府办公厅副主任、浙江省参事室主任等职，当选为浙江省人民代表大会代表、全国政协委员，浙江省政协常委、副秘书长。

　　从陈望道到吴山民，不同类型的义乌知识分子不约而同地接受了马克思主义，他们当中的许多人成为信仰坚定的马克思主义者；从朱鸿儒、吴溶品到义乌农民运动中的农民、抗日武装队伍中的战士，越来越多的义乌老百姓选择了跟着中国共产党干革命、选择了加入中国共产党、选择了马克思主义——无数这样的选择汇聚在一起，形成了人民的选择、历史的选择，汇成了不可抗拒的历史大潮、文化大潮。

　　1920年的春天，陈望道完成了《共产党宣言》第一个中文译本的翻译工作，为马克思主义在中国的传播，提供了第一个完整的中文读本。马克思主义传入中国，向中华文化中输入了新的元素，中国共产党和中国人民在中国革命的实践中逐步推进马克思主义中国化的进程，逐步推进马克思主义与中华传统文化融合的进程，形成了中国的马克思主义、中国革命的指导思想。在这一过程中，中国文化发生了重大变化，马克思主义也发生了重大变化：中国文化不再是传统的中华文化而转型为以中国化的马克思主义为指导的新文化，在这个全新的文化中，既有我们的"本来"，也有"外来"，"本来"与"外来"已经融为一体，不可分割；马克思主义则拥有了中国共产党和中国人民伟大斗争的光辉范例和实践经验，具有了中国特色。

　　今天，研究或者实践马克思主义的语境（历史文化环境）已经完全不同于1880年或1917年，世界上任何一个严肃的马克思主义政党，在谈及马克思主义的时候，已经不可能不谈及中国革命、中国化的马克思主义。同样的，我们中国人今天谈及马克思主义，也已经与李大钊、陈独秀、陈望道他们当时的感觉与思考大不一样。

　　一个放牛娃参加了中国共产党领导的人民军队，在战争中成长起来，从战士到连长、团长，他发生了巨大的变化，他所承载的文化也发生了巨大的变化。吴晗、吴山民，从爱国主义者、民主主义者转变为信仰坚定的中国共产党员，他们的思维方式同样发生了巨大的变化：作为中国共产党员的吴晗、吴山民，他们的爱国主义思想与他们学生时代的爱国主义思想已经有了明显的不同。

20世纪是中国文化转型、升华的世纪,也是中国人转型、升华的世纪。

1982年,肩负着富裕农民、推动发展重任的义乌县委、县政府,一无资金、二无技术、三无项目,他们两手空空,但是他们有人民。在县委书记谢高华的带领下,他们深入到农民中去调查研究,得出这样一个石破天惊的结论:"义乌农民有经商传统,农民中有经商能人,有能工巧匠,这就是义乌的优势。"

由此起步,义乌摒弃了以物为本的发展模式,开辟了自己以人为本的发展之路。

以富裕人民为己任,以自己的人民为最大的优势,制定"兴商建市"发展战略,全心全意地依靠自己的人民谋发展,从人民的实践中总结新鲜经验,推而广之——义乌坚持了历史唯物主义和辩证唯物主义,在改革开放的实践中,实现了人民与历史文化的统一。

这就是义乌的大智慧,是义乌最根本的经验。

这也正是中国的大智慧,是中国最根本的经验。

改革开放以来,中国实现了持续快速发展,创造了发展的奇迹。义乌是中国的缩影,是中国大地上跑在最前面的县域经济体之一。

2002年,义乌地区生产总值达到173.77亿元,是1980年(1.82亿元)的95.5倍,远高于同期全国国民总收入增长的速度(2002年,我国国民总收入为1980年的26.8倍)。

1980年,义乌的人均GDP仅为336元,约为全国人均GDP(464元)的七成多。2002年,义乌的人均GDP增至25 777元,是1980年的76.7倍,是同年全国人均GDP(9 398元)的2.74倍。

1980年,义乌农民人均纯收入为199元,与全国农民人均纯收入(191.3元)处于相同水平。2002年,义乌农民人均纯收入达5 688元,是全国平均水平(2 475.6元)的2.3倍。

2016年,义乌农村常住居民人均可支配收入突破3万元,是1980年的153.6倍,是2002年的5.4倍。

近年来,不沿边、不靠海的义乌深度融入全球经济。向西,依铁路出境,对接陆上"丝绸之路"经济带,建设"义新欧"开放大平台。2014年11月,首班"义新欧"列车从义乌出发,经新疆阿拉山口口岸出境,途经哈萨克斯坦、俄罗斯、白俄罗斯、波兰、德国、法国,历时21天,行程为13 000多千米,抵达西班牙首都马德里。至2016年,义乌已开通9条往返欧洲各大城市的铁路运输线路,居全国开通欧洲班列的诸城市之首。向东,依港出海,对接21世纪海上"丝绸之路",建设义甬(宁波)舟(舟山)开放大通道。同时,搭建网上"丝绸之路":2016年,义乌在各知名平台的网商账户达到27万户,"双十一"当天成交额突破80亿元,较上年增长57.6%。2016年前三季度,义乌海关监管的出口集装箱达到37万标箱,平均每天有1 350标箱的出口商品从义乌运往世界各地。

跋

五千年中华传统文化的大智慧,五千年中华传统文化观察世界、解决矛盾的方法,引领我们中国人渡过一个又一个难关,化解一次又一次危机。我们中华文明做到了五千年薪火不断,世代传承,我们为我们创造的这个世界第一和世界唯一而倍感自豪。

今天,我们依托由千千万万中国人经过血与火的万里长征创造的、以马克思主义为指导的新文化,推动中国实现了从站起来到富起来、强起来的伟大转变。我们正一步步走向世界舞台的中央,坚定地、势不可挡地向我们中国梦的伟大目标挺进。

今天,人类面临多方困扰,西方文化看见了一个又一个陷阱,预见到一个又一个危机,然而,它却已经势穷力蹙,应对失据。相比之下,中国文化、中国大智慧越来越让人羡慕、越来越让人向往。世界越来越需要中国智慧、中国方案。

于是,中国人责无旁贷地承担起一项重大的历史使命——讲好中国故事。

以人为本是中国智慧的核心内容。

为什么是以人为本而不是以其他?要说清楚这个问题,必须弄清楚人与历史文化的关系、人与书的关系。

书是人写出来的,是文化的载体。长期以来,人们习惯于将书本视作文化的唯一载体,这是一个极大的错误。

事实上,创造了文化的人、推动历史前进的人民,才是文化的最根本、最重要的载体。秦始皇焚书坑儒,却焚不掉文化、坑不掉历史,因为历史文化在人民的头脑中,在人民的音容笑貌间,在人民的耕织劳作里。

人之所以为人,正是由于他承载着文化,也正是由于承载着文化成果,人才变得强大,变得智慧,人才能够调动、利用其他所有的资源,成为决定性的资源,成为天地万物之灵,成为最活跃的、最具决定意义的生产力要素,成为推动历史前进的最伟大的动力。

那种以为只有书本中才有文化,对于人民这个最根本、最重要的文化载体视而不见,将人民、将人民鲜活的文化创造活动与历史文化割裂开来,一味向书本求文化的方法,永远也无法真正弄懂什么是文化,永远也找不到推动历史文化前进的力量何在,永远也说不清历史文化变化发展的根源和规律。

中华民族的智慧,是在漫长的岁月里,在华夏儿女世世代代的创新、传承、弘扬中积累起来、发展起来的。

中华智慧中以人为本的"人",是一个群体的概念,它所指的是"民""人民"。这是我们的人文主义与其他人文主义很不一样的地方。

早在一万年以前,在今天义乌的这片土地上,我们中华民族的先民们就开始种植水稻、建造干阑屋,以这样的方式解决吃和住的问题,托起了人类稻作文明的一轮朝日,为开创中华民族的长江流域摇篮做出了自己的贡献。

2 500年前,越王勾践和他的大臣们,制定了以"爱民"为根本的复国大计。爱民政策凝聚了民心,人民同仇敌忾、艰苦奋斗,弱小的越国迅速崛起,打败强大的吴国而称霸百年。试想,如果没有"爱民"的大智慧和切实的爱民政策,越王勾践个人的卧薪尝胆又能有多大意义?

吴人与越人,原来同属一个族群。吴国在太湖崛起,力量强大。吴越之争,吴国先胜后败,吴人与越人重新汇合在一起,汇合在越国的旗帜下。吴国需要检讨的是什么?是它没有越国的爱民政策。

抗金名将宗泽起初仅为磁州知州,兵微将寡。然而,他坚决抗金,力主收复失地。他的意愿与人民的意愿高度一致,各路义军便云集于他的旗下,数月间达200万之众,抗金战争的颓势为之扭转,宗泽遂成为令金兵闻风丧胆的"宗爷爷"。

抗倭名将戚继光深知"兵"的重要。率领别处的兵作战,他并未取得预期的胜利,一旦有了义乌兵,他便成了常胜将军。

义乌农民没有读过多少书,这并不等于他们没有文化。从一万年前的干阑屋到传统民居,他们用心血和智慧在大地上写下了一部历史文化巨著,开凿出一条流淌在大地上的文化长河。在民居中,他们以清水白木雕的方式,传承、传达他们对于中华优秀传统文化的理解,把中华文化人文主义与其他民族人文主义的不同特点表现得淋漓尽致:在义乌清水白木雕的艺术宝库中,农民是主角、是主体,农民的日常劳作天经地义地成为重要题材;神仙和将军都长了一副农民的面孔,神仙们都按照农民赋予他们的职责,为农民提供服务——送子、送福、送财、送喜、送寿,并且无一例外地笑容可掬,绝无半点骄矜、冷漠之态。

以人为本,关注人民,为人民,是中华文化与马克思主义的共同点,是二者能够融合的前提和基础。中国人说:民为贵,社稷次之,君为轻。中国人说:水能载舟亦能覆舟。儒学是中华传统文化的核心,儒学讲德、讲仁,而衡量德与仁的根本标准,是对人民的态度:爱民之政,为德政、仁政;害民者,为暴君、昏君。马克思主义则明明白白地宣布,自己是为人民的、为无产阶级的,除了人民的利益,共产党没有自己的特殊利益。

陈望道隐蔽在义乌分水塘村的小柴房里翻译《共产党宣言》的时候,不过孤身一人。中国共产党第一次全国代表大会的代表,不过十余人。然而,中华民族需要马克思主义,中国人民选择了中国共产党,中国就从亡国亡种的绝境中奋起并创造了发展的奇迹。

人民创造历史文化,作为与书本不同性质的、具有历史主动性的载体,人民不但承载历史文化,而且不断地弘扬、创新历史文化。同时,历史文化滋养人民。这是一个往复循环、螺旋上升的过程。在这一历史过程中,人民是历史文化与现实生活的统一体。

正是由于人民是历史文化的载体,所以,把人民组织起来、团结起来,把人民的力量凝聚于一个共同的目标,就实现了对于历史文化的总动员,或者说,当人民万众一心地行动起来的时候,一个民族的历史文化就行动起来了,民族智慧的宝库就被打开了,民族的伟大力量就被激活了。

中国、义乌之所以能够创造奇迹,奥秘就在于此。

写进了中国共产党党章的科学发展观,将中国经验、中国大智慧表达为"以人为本"——为人民谋发展、依靠人民谋发展、发展成果由人民共享、人的自由全面发展。

中国共产党第十九次全国代表大会,将中国经验、中国大智慧浓缩为四个字——人民至上。

同时强调:增强文化自信。

文化自信与人民至上并不是各自孤立、毫不相干的。在人民是历史文化载体这一事实的基础上,在为人民、依靠人民这一点上,它们是互相渗透、互相融合的。

增强文化自信的根本,就在于增强对自己人民的自信。

增强文化自信,一项非常重要的基础工作是摸清自己历史文化的"家底",深入挖掘之、传承弘扬之。需要特别注意的是,摸清自己历史文化"家底"的工作,一定不要仅仅止步于翻书本。书本是必须要认真研究的,然而,更为重要的是深入到人民当中去,研究人民这一本大书、研究人民群众的文化"库存"、研究人民的智慧。随着对人民研究和认识的加深,我们的文化自信将不断增强,我们的智慧将不断增长,我们坚持人民至上将更有底气、更自觉。

义乌人民传承了中华文化,也承载着自己本地独特的历史文化,在改革开放的时代大潮中,在中国共产党的领导下,他们创造了发展的奇迹。中国的2 000多个县,哪一个县没有自己的人民?哪一个县的人民不是既传承了中华优秀文化,也承载着自己本地独特的历史文化?所以,中国的任何一个县都应该也完全能够像义乌一样创造发展的奇迹。

同样的,各国人民,特别是发展中国家的人民,也都是人类文化和本民族文化的载体,只要能够团结在一个共同的目标之下,坚持不懈地艰苦奋斗,一定能够改变自己的命运。

主要参考书目

义乌县志编纂委员会. 义乌县志[M]. 杭州：浙江人民出版社, 1987.

马雪芹. 古越国兴衰变迁研究[M]. 济南：齐鲁书社, 2008.

袁行霈, 等. 中华文明史[M]. 北京：北京大学出版社, 2006.

黄美燕. 义乌家园文化[M]. 杭州：浙江人民出版社, 2010.

义乌市城建档案馆. 义乌古建筑[M]. 上海：上海交通大学出版社, 2010.

图片来源

图 1-1 源自:李先逵《干栏式苗居建筑》.

图 1-2 源自:袁行霈等《中华文明史》.

图 1-18 至图 1-21 源自:义乌市文物保护管理办公室.

图 3-3 源自:戚继光《练兵实纪》.

图 4-3 源自:张立文拍摄.

图 4-11 源自:义乌市城建档案馆《义乌古建筑》.

图 4-30 源自:义乌市城建档案馆《义乌古建筑》.

图 5-1 源自:义乌市博物馆.

图 5-5、图 5-6 源自:义乌市博物馆.

图 5-10 源自:义乌市博物馆.

图 5-13 至图 5-16 源自:义乌市博物馆.

注:其余未注明来源的图片均为笔者拍摄、制作。

后记

　　无论是探寻义乌奇迹的根源还是总结义乌经验，无论是推动义乌继续前行还是向世界讲述义乌故事，都必须对义乌历史文化的来龙去脉有一个基本的、整体的了解。我们在这本书里，讲述的是在中华文明的起源与发展史上做出了特殊贡献的义乌，是爱国主义精神、团结奋斗精神、创新精神和以人民为本的人文精神几千年一脉相承的义乌。

　　追根溯源，我们得出的结论是：义乌人民、义乌精神、义乌智慧是义乌奇迹的因、根和魂。

　　本书在写作过程中，得到义乌市文物保护管理办公室黄美燕主任、义商智库周淮山院长的大力支持与帮助，义乌市城市规划设计研究院的金永平、楼倩、石拉等同志做了大量的资料加工工作，在此一并致谢。

牛建农